W0251373

Hors de toi

Sandrine
Girard

Hors de toi

roman

CALMANN
LEVY

© Calmann-Lévy, 2021

Couverture
Maquette : Olo éditions
Illustration : © Image'in / Stock.adobe.com

ISBN 978-2-7021-8272-7

Aux miens.

À Zoé.

« Les monstres, ça n'existe pas. »

Adèle Haenel, interviewée par Edwy Plenel
pour *Mediapart*, 4 novembre 2019.

Tu as huit ans. La photo est un peu floue et laisse apparaître les contours tremblants d'une silhouette. Celle d'une petite fille à la peau claire, surprise par l'objectif en plein mouvement. Vêtue d'un short court en toile et d'un maillot de bain rouge, une serviette accrochée au bras, elle se rend peut-être à la plage. Elle est pieds nus. La serviette masque l'une de ses jambes, tandis que l'autre – brindille nouée en son milieu par un genou saillant – fait un pas décidé vers l'avant. Au-dessus de son torse menu s'accroche un cou fin dont on peut suivre le tracé jusqu'aux épaules. Sous la maigreur se lit l'arrondi joyeux de l'enfance.

La petite fille aux cheveux châtains coupés court a la tête tournée de trois quarts. On distingue nettement l'ovale de son visage, une pommette bien dessinée, le menton effilé qui pointe une fossette malicieuse vers le photographe. Les lèvres pleines esquissent un demi-sourire. Comme un rire contenu, une lumière qui filtre sous la surface. Et qu'on retrouve dans l'incandescence bleue du regard.

Tu as huit ans sur cette photo. Et rien. Absolument rien. Pas la moindre trace, pas le plus petit signe. Rien n'y paraît.

Tu es assise tout au bout de la table, dans la grande cuisine de la Maison-de-pierre. Cette maison n'est pas ta maison. Cette famille n'en est pas vraiment une. Mais tout le monde fait comme si.

— Tu veux encore une pomme de terre, Alice, ma chérie ?

C'est grand-mère Simone qui te parle, d'une voix mielleuse qui ne présage rien de bon. La femme forte d'un clan auquel Maman et toi n'appartenez pas, et qu'elle forme avec ses deux enfants.

Ce n'est pas ta grand-mère à toi.

Non.

Tu secoues la tête.

Elle te dévisage de ses yeux noirs, deux fentes brillantes dans son visage brûlé par le vent et le soleil de Bretagne.

— J'ai pas faim.

Tu as cet air buté, provocant, qui exaspère tant les grandes personnes. Cet air qui les défie de réussir à t'ébranler. Ton masque.

Même pas peur.

Tu commences à te balancer sur ta chaise, à battre la mesure avec tes pieds. L'air s'alourdit, tranche de silence, épaisse densité des mots qui planent au-dessus des têtes, attendant d'être hurlés.

Soudain, Georges se lève, se rue sur toi, lèvres retroussées. Il attrape ta chaise, te soulève comme une paille et te rabat contre la table.

— Tu te tiens bien, maintenant !

Même pas mal.

— Tu es une brute, Georges ! dit Maman tandis qu'il se rassoit.

— Oh, je t'en prie, Lucille, intervient Simone. Elle n'attendait que ça, la petite peste. Elle nous cherche depuis tout à l'heure !

Maman ne répond pas, elle pique une pomme de terre sur sa fourchette et poursuit son repas, les yeux rivés à l'assiette.

Un instant, tu es soulagée qu'elle ait essayé de te défendre. Mais ça ne suffit pas. Tu sens la fureur se propager en toi. Tu baisses la tête. Tu te tasses un peu plus sur ta chaise, tu voûtes ton corps trop grand pour ton âge, tu rentres les épaules. Boule de colère, concentré de violence absorbée.

Tu as huit ans et tu voudrais que cette rage les tue tous, sur le coup. Tous sauf Maman. Et Tom Pouce.

Ou bien disparaître.

***

Tu as six ans, et c'est l'été. Dans la cour de la Maison-des-Vacances, les hortensias débordent des plates-bandes et chatouillent le ventre pelucheux du gros chat de gouttière qui s'est écroulé sur le côté pour faire la sieste. Gare à toi, Alice, si tu t'en approches ! Car Khéops a le coup de patte facile, il n'aime pas être dérangé. Mamie te l'a dit un nombre incalculable de fois. Elle est en train d'équeuter des haricots verts pour le dîner, en râlant parce que Papy avait dit qu'il mettrait la table. Comme d'habitude, il doit s'être caché dans le salon pour écouter sa radio portative.

Maman est là, dans la cour. Calée au fond d'une chaise de jardin, la tête renversée en arrière, les yeux fermés, offrant son visage doré à la lumière du soir.

Mais Papa n'est pas avec vous.

Papa et Maman ont divorcé l'année dernière. « Ça veut dire que chacun a sa maison maintenant, Alice. »

Tu rends visite à Papa un week-end sur deux et la moitié des vacances scolaires. Très exactement. C'est le juge qui l'a décidé. L'été dernier, c'était pareil : un mois avec Maman, Papy et Mamie, puis un mois avec Papa. Maman a dit que ça devait être un peu dur pour toi. Alors elle t'a offert une poupée. Elle s'appelle Juliette, elle a des petits vêtements colorés et une chaise à bascule. C'est vraiment la plus belle poupée que tu aies jamais eue.

Maman s'étire lentement et se lève avec grâce. Sa peau est brune après deux semaines de soleil et de mer. Ses boucles noires tombent sur ses épaules. Avec ses yeux sombres, elle ressemble à la danseuse espagnole qui fait voler sa jupe sur l'affiche de l'entrée, à la maison.

— C'est l'heure, j'y vais, sinon je vais être en retard.

— Tu vas où, Maman ? demandes-tu, fâchée qu'on ne t'ait pas prévenue.

— Je vais dîner avec des amis, Puce, mais on se retrouve demain pour le petit déjeuner. C'est promis.

— Allez viens, Alice, coupe Mamie. Laisse ta mère partir et va te laver les mains avant de passer à table.

À la contrariété de voir Maman s'éloigner d'un pas léger sur le chemin s'ajoute un sentiment étrange. D'abord confus, puis de plus en plus net. On te cache quelque chose. Maman a un secret.

Tu ne le sais pas encore, mais ce secret s'appelle Georges.

***

Tu as dix ans et tu ne dors plus. Chaque soir, à l'heure où les enfants se glissent avec bonheur sous les draps frais, à l'heure où d'ordinaire, il y a quelques semaines encore – c'était autrefois –, tu déposais sur l'oreiller moelleux l'agitation de ta journée, tu te prépares maintenant avec angoisse à l'agitation de la nuit. Maman t'accompagne dans ce rituel bien orchestré : lait au sucre ou au miel, lecture, musique douce, respirations, sirop contre la toux… Camomille, passiflore, verveine, valériane… Euphytose, Doliprane, Advil, Donormil, Lexomil… on a tout essayé. On réessaye tout, encore, tous les soirs, en priant pour que, cette fois, ça marche.

— Bonne nuit, ma chérie. Si tu n'arrives pas à t'endormir, ce n'est pas grave, tu sais. Tu rallumes et tu prends un bon bouquin.

— Oui, Maman, je sais.

Mais non, tu ne sais pas. Et si, *c'est grave*, au moins jusqu'à ce que le jour se lève. Le sommeil t'a quittée et tu as l'impression que plus jamais tu ne sauras dormir. La nuit est devenue un cauchemar difforme, rythmé par le lent défilement des chiffres sur le réveil. Minuit, plus un bruit. Sur le dos, sur le ventre, d'un côté, puis de l'autre, tu tournes et te retournes dans ton lit sans trouver la position miracle qui arrêtera le supplice. Tu sais que la clé du sommeil est dans ta tête mais tu n'arrives plus à l'attraper. Elle est emportée par la déferlante des pensées qui t'assaillent, fragmentaires, frénétiques et dépourvues de sens. La nuit, les lois du jour n'existent plus. L'insomnie t'emporte dans sa logique irrationnelle, glisse entre les plis de ton cerveau des raisonnements sans fin qui s'enroulent et se déroulent pour finalement te laisser hors d'haleine. Exténuée. Mais bien réveillée. Les yeux brûlants, écarquillés, qui fixent les barres lumineuses sur l'écran noir. Deux heures.

J'en peux plus, c'est plus possible, je veux dormir, je vais mourir, je DOIS dormir, je suis si fatiguée, je veux dormir, je vous en prie, s'il vous plaît, je veux dormir, QUELQU'UN PEUT-IL FAIRE QUELQUE CHOSE POUR MOI ? Non, je suis seule, je suis seule et je ne dors pas. Bon, calme-toi, ça ne sert à rien, ce n'est pas comme ça que tu vas y arriver. Mais il y a école demain. Il est déjà deux heures et il y a école demain ! Je dois dormir. Je vous en supplie.

Comme l'été approche, les adultes disent :

— Elle a peur d'entrer au collège l'an prochain, cette petite, c'est certain.

Ou bien ils disent :

— C'est le début de l'adolescence, les hormones…

Vraiment ?

La nuit, tu veilles. Le jour, tu pleures d'épuisement. Et personne n'y comprend rien.

Tu te lèves d'un bond, tu fais les cent pas dans ta chambre. Mur de droite, mur de gauche, la porte, la fenêtre, encore et encore. Tu te rassois sur ton lit, tu es tellement en colère contre cette nuit qui n'en finit pas et ces murs qui se rapprochent jusqu'à te donner le tournis.

« Tu prends un bon bouquin. »

D'accord.

Tu retournes sous la couette, tu cales l'oreiller derrière ton dos, tu replies les genoux et tu respires profondément. *Mon bel oranger*. Tu relis tes passages préférés. Au bout d'un chapitre ou deux, tu sens tes paupières s'alourdir et l'espoir te submerger.

C'est le sommeil qui revient ! Avec une lenteur extrême, pour ne pas le faire fuir, tu poses le livre, éteins ta lampe de chevet, étends les jambes, fermes les yeux le plus fort que tu peux.

« Tu ne vas pas y arriver. »

La voix fuse dans ta tête comme un éclair. Tes paupières se relèvent brutalement. Trois heures.

Puis quatre.

Voilà. C'est le moment. Tu sais ce qu'il te reste à faire. Si tu le fais trop tôt, ça ne marche pas.

Tu te faufiles hors de la pièce. Première porte à droite, la chambre de Tom Pouce. Silencieuse, tu t'allonges sur le lit d'appoint que Maman a installé à la naissance du bébé et qui est resté là depuis. Tu te glisses sous le couvre-lit bleu. Tom Pouce est grand maintenant, presque trois ans. Tu peux entendre sa respiration régulière à l'autre bout de la chambre. Tu peux presque sentir son cœur qui bat contre ta tempe. Et le sommeil qui t'enveloppe, enfin.

***

Tu as cinq ans et, depuis quelque temps, Papa vient te chercher le samedi pour passer le week-end dans son nouvel appartement.

Mais pas aujourd'hui. Aujourd'hui, il a dit qu'il voulait te présenter quelqu'un. Le trajet en voiture dure presque une heure. Tu ne connais pas ces endroits qui défilent derrière la vitre. Immeubles gris sur fond de ciel gris, cheminées d'usines et béton des grandes surfaces à l'infini, surcharge de voitures, voies de garage et voies de chemin de fer... Là où est ta maison, il y a des arbres et des ruelles, des parcs avec des jeux pour les enfants, des pelouses et des clôtures en bois de châtaignier qui protègent des pavillons enfouis sous la glycine.

Soudain, la voiture bifurque. Sortie « Argenteuil ». Papa s'arrête au pied d'une grande barre orange et gris, qui donne sur l'autoroute. L'ascenseur te conduit haut dans les étages. Papa ouvre la porte, il a la clé. Une femme apparaît dans l'entrée : boucles brunes, yeux noirs. Elle ressemble à Maman, en plus petite. Derrière elle, un adolescent pâle aux joues criblées de boutons te jette un regard intrigué.

— Alice, je te présente mon amie Nadine et son fils, Luc, qui a quatorze ans. Tu leur dis bonjour ?

— Bonjour.

Nadine avance la joue pour que tu l'embrasses. Tu t'exécutes.

— J'ai quelque chose pour toi, dit-elle. Pour te souhaiter la bienvenue chez nous.

Elle te tend une marionnette en peluche blanche, une sorte d'ours ou peut-être un chien.

— Tu vois, ajoute Nadine, Luc a la même que toi.

Luc agite une main gantée de fourrure dans ta direction. Le même animal indéterminé, mais en version marron piqueté de blanc.

Tu restes silencieuse. Nadine prend une voix aimable, sa bouche s'étire en un sourire mais ses yeux sont froids.

Papa te conduit dans la chambre de Luc : c'est là que tu vas dormir, cette nuit. Il y a un petit bureau, une armoire et deux lits. Le tien, c'est le lit pliant aux montants rouges qui se range sous celui de Luc.

Elle est nulle cette chambre, y a même pas de jouets ! Et pas de livres non plus. Mais au moins il y a un chien. Un vrai. C'est bon signe.

Il s'appelle Spooky. On dirait un gros rat orange avec ses poils courts et sa longue queue. Il paraît qu'il a mordu le fil de la télé quand il était petit, alors maintenant il a les dents du bas qui sortent de sa gueule, toutes de travers.

Tu comprends peu à peu que tu vas dormir dans cette chambre avec Luc les prochaines fois aussi, car c'est là que Papa habite maintenant. Tu découvres qu'il s'est marié avec Nadine.

***

— Vos examens sont parfaitement normaux, mademoiselle. Votre prise de poids n'est donc pas due à un déséquilibre thyroïdien.

Toi qu'on appelle « spaghetti » ou « fil de fer » depuis toujours, tu ne reconnais plus ton corps. Tes jambes portent les traces des coups que tu t'infliges sans cesse en te heurtant aux meubles, au montant des portes, au détour d'une table ou d'un bureau. Comme si tu n'avais plus de contours précis, comme si ta peau devenue épaisse et molle vomissait les flots de graisse qu'elle ne parvient plus à contenir.

Les mots du spécialiste que tu es venue consulter ne sont pas une surprise. Qu'est-ce que tu croyais ? Qu'un miracle allait se produire ? Qu'il allait t'annoncer qu'il y avait une bonne raison à ta transformation, une raison médicale, de celles qu'on peut traiter avec logique et méthode ? Un motif, un diagnostic, sans rapport avec les monstrueuses quantités de nourriture dont tu te gaves depuis des années ? Allons… Ça, c'est ce que tu racontes à qui veut l'entendre – à tes amis, à ta mère, à celui que tu aimes. « J'ai sans doute un déséquilibre hormonal, tu sais. » « Ce que je mange est sans proportion avec ces vingt-cinq kilos pris en six mois à peine. » Tu annonces haut et fort que, bien sûr, tu vas chercher l'explication, investiguer pour découvrir les causes mystérieuses de ce mal qui te ronge soudain. Tu n'as jamais été grosse, non, ce corps révoltant, ce n'est pas toi. Ça ne *peut* pas être toi.

Ce qui t'est familier, en revanche, c'est la sensation de vide, l'angoisse qui te dévore de l'intérieur et qu'il faut combler, combler sans s'arrêter, combler au-delà de la nausée et du mal-être. Pour avoir, l'espace d'une seconde, l'impression d'être pleine à craquer. Mais la barrique aussitôt se vide. Il faut la remplir à nouveau. Ouvrir grand la bouche, enfourner tout ce que tu trouves, très vite, sans même mâcher tant l'urgence est immense, forcer la barrière de la gorge qui se serre, violer l'œsophage brûlé par l'acidité des reflux répétés, pour, enfin, bourrer ton estomac distendu du plus de nourriture possible, jusqu'à ce qu'il te fasse mal. Là, quand tu le sentiras gonflé comme une baudruche prête à crever, là seulement commencera la vraie punition. Tu rouvriras le frigo, le placard, les tiroirs. Et tu recommenceras. Encore et encore jusqu'à ce qu'il n'y ait plus rien à avaler. Jusqu'à ce que la fatigue te terrasse et te fasse rouler sur le côté comme un animal.

Tu aimerais que, comme avant, comme toujours, il n'y paraisse rien. Mais ce n'est plus possible. Depuis quelque temps, ton corps a décidé de se répandre. La tache invisible s'étend et te déforme, elle se voit, elle se mesure, elle se pèse. Quatre-vingts kilos. Quatre-vingt-dix. Cent dix. Tu te caches pour manger, mais les conséquences, maintenant, tout le monde peut les voir. La honte s'affiche au grand jour. Et elle ne te laisse pas une minute de répit. Tu ne distingues plus, dans les yeux des autres, que le reflet de ces amas flasques qui t'enlacent, te cuirassent. À la taille, sous le menton, dans le cou, derrière les genoux. Les miroirs comme les regards te sont insupportables. En permanence, dans ton crâne, le long de tes os, une vibration résonne en arrière-plan, comme un acouphène qui est là pour te rappeler en continu ta monstruosité. La graisse se développe, elle bâille autour de tes yeux, elle pousse à l'intérieur de tes joues. Est-ce que tu arrives toujours à parler normalement ? Les autres perçoivent-ils le son de ta voix, étouffé par cette substance qui colle à l'intérieur de ta bouche ? « Puce, tu ne vas tout de même pas rester dans cet état ! » « Moi, je te ferais hospitaliser », dit une amie de ta mère, horrifiée de voir ce que tu es devenue. « Quel gâchis ! tu étais si jolie, Alice ! » Elles sont pourtant loin du compte. Elles ne savent pas les nuits passées à manger depuis l'enfance, la violence des ingestions forcées jusqu'au dégoût, les stratagèmes pour engloutir et engloutir encore, sans que personne ne le sache. Les mots te transpercent. Mais aucun ne peut te faire aussi mal que ceux que tu t'assènes à chaque instant.

Comment vivre avec en soi un ennemi qui a pris possession de son corps ? Combien de temps encore pourras-tu supporter qu'il fasse craquer les coutures de ta peau ? Tu as vingt ans. Tu penses que tu ne survivras pas longtemps à cette épreuve, à l'exposition répétée de ta souffrance qui suinte et se déverse, kilo après kilo. Tu te trompes.

***

Tu as cinq ans dans la Maison-des-Vents. Assise sur le tabouret en rotin, tu habilles consciencieusement Juliette avec la robe de poupée que Mamie t'a cousue. Maman est près de toi. Elle lit un magazine, caressée par le flot de lumière qui se déverse dans le salon.

— Tu as faim, Alice ? Tu veux qu'on dîne ?

— Hum… D'accord ! Mais seulement si on mange du poulet et des frites !

Le visage de Maman s'éclaire d'un sourire amusé.

— Toi et ton poulet ! Va pour le menu, Puce… Continue à jouer tranquillement, je t'appelle quand c'est prêt.

Dîner. Brossage de dents. Dodo.

Maman s'assoit sur ton lit, attrape les *365 Histoires à lire le soir* et cherche celle du 14 mai. « Jojo le Hérisson. »

— Ça te va ? Tu la connais déjà par cœur…

— Oui, oui, ça me va ! Mais tu lis tout, hein, Maman ? Tu n'oublies aucun mot !

Lorsque la nuit tombe, tu ne dors pas encore. Tu adores regarder pendant des heures les minuscules fleurs roses du papier peint. Près de ta tête, la jonction entre deux lés se décolle légèrement. Soir après soir, tu grattes et déchires un peu plus le papier qui laisse apercevoir, en dessous, celui d'autrefois. Des animaux et des montgolfières. Maman t'a demandé d'arrêter, de ne pas abîmer le mur de cette façon, mais c'est plus fort que toi. C'est comme un trésor caché sous la surface. Par la porte entrebâillée, la lueur bleutée et le léger murmure de la télévision te parviennent. Tu te glisses hors de ton lit pour rejoindre la chambre de Maman qui communique avec la tienne. Tes pieds nus frôlent le plancher sans le faire craquer. Tu passes une tête ébouriffée par la porte.

— Maman ?

— Tu n'es pas encore endormie, ma chérie ?

— Je peux venir un peu avec toi ?

— Allez, c'est d'accord, viens sous la couette ! Il y a un film qui commence. Ça s'appelle *Fanfan la Tulipe*. Si tu veux, tu peux regarder le début avec moi. Mais c'est exceptionnel, hein, coquine ? Seulement parce qu'il n'y a pas école demain !

D'un bond, tu sautes dans son lit, tu l'écrases un peu, tu t'installes en riant. Tu sais qu'en ce moment, Maman se fait du souci pour toi. Elle pense que Papa te manque, que la séparation est difficile. Pourtant, blottie contre elle, dans la tiédeur des draps embaumant la lessive, tu ne pourrais pas être plus heureuse.

De cette époque pleine de douceur tu diras plus tard, en prenant un air grave du haut de tes onze ans : « C'étaient les plus belles années de ma vie ! »

***

Tu as six ans dans la Maison-des-Sables. Papa est venu te chercher pour passer le mois d'août avec lui. Avec lui et Nadine. Dans sa maison *à elle*. Elle est loin de chez toi, la Maison-des-Sables, perdue au fin fond d'une campagne revêche, coincée entre un hangar agricole où personne, jamais, ne vient travailler, et un champ où paissent quelques vaches dépressives. Laide, trapue, inachevée, la maison est un empilement de parpaings hostiles, adossé à une grange au toit délabré. Papa y passe l'essentiel de ses journées. Lui qui a toujours vécu en ville, qui travaille toute l'année dans un bureau, il cloue, scie, démantèle, soude, bétonne et cimente, s'arrache les doigts sur le bois brut, plie sous le poids des sacs de gravats, s'abrutit d'effort et de fatigue. À qui essaie-t-il d'échapper ? On ne le voit que pour les repas, sombre et mutique, n'ouvrant la bouche que pour annoncer :

— Il me manque des tuyaux de cuivre. J'irai chez Bricorama cet après-midi.

Bricorama : *le* divertissement des vacances. L'unique sortie ou presque des longues journées d'été. Des rayonnages sans fin d'outils et de machines dans lesquels tu cherches des yeux, en traînant des pieds, quelque chose pour apaiser ton imagination déshydratée. Quel caisson de bois ressemble le plus à une maison de poupée ? Peut-on jouer à cache-cache dans les abris de jardin à l'arrière du magasin (mais avec qui ?) ? Essayer les balançoires exposées sur le parking ? En tentant d'attraper un pommeau de douche qui ressemble à un serpent à sonnettes, tu trébuches et renverses une boîte de boulons qui s'égrènent au sol dans une pluie sonore.

— C'que tu peux être maladroite, ma pauv'fille ! siffle Nadine à ton oreille, tandis que Papa, qui n'a pas vu ta bêtise, disparaît au bout de l'allée à grandes enjambées.

Tu ramasses à la hâte les boulons épars et tu le rejoins en courant.

*

La nuit a enseveli la Maison-des-Sables, il est l'heure pour toi d'aller te coucher. Tu dors dans la pièce principale, dans un recoin où est installé un vieux lit à ressorts. Une sorte d'alcôve. Pendant que Papa retourne bricoler dehors à la lueur d'une lampe torche,

Nadine choisit son programme télé de la soirée. Sous les rires gras de Patrick Sébastien, tu as du mal à trouver le sommeil. D'autant que Nadine a dit l'autre jour qu'il y avait des souris dans ton matelas.

Est-ce qu'elles peuvent me mordre en pleine nuit ?

Tu commences à somnoler, enroulée dans la grosse couverture orange. Elle gratte et sent un peu le moisi, alors tu évites de la mettre trop près de ta figure.

— Eh toi, là-bas ! crie Nadine en envoyant un coup de pied contre le montant du lit. Arrête de ronfler, j'entends plus la télé !

***

Tu as sept ans et Georges est venu vivre dans la Maison-des-Vents. La porte qui communique avec la chambre de Maman est barrée d'une armoire.

— Tu ne passes plus par-là, Alice, tu sors par le couloir, s'il te plaît.

La Maison-des-Vents ne tourne plus. Avant, tu pouvais voler à toute allure d'une pièce à l'autre : salon, dérapage en chaussettes, virage, couloir, ta chambre, hop ! à droite, chambre de Maman, hop ! salon, glissade, virage, couloir…

Mais plus maintenant. De toute façon, avec le ventre de Maman qui s'arrondit, bientôt, il faudra partir. Elle a rencontré Georges l'été dernier, en septembre Tom Pouce sera là.

Georges est assis par terre, dans le salon, devant la table basse. Un gros casque sur les oreilles le relie à l'ampli métallisé que tu as toujours connu à cet endroit. Deux aiguilles se balancent au rythme de la musique qu'il écoute et que tu n'entends pas. Il n'a pas encore remarqué ta présence ; tu peux observer à ta guise la stature imposante de cet étranger qui fait désormais partie de ton quotidien. Il est aussi robuste et massif que Papa est maigre, aussi brun qu'il est blond, aussi tanné qu'il est pâle. Tu n'as jamais vu Papa autrement qu'en costume – chemise blanche empesée, pantalon gris, même quand il fait chaud, même quand il bricole. Georges, lui, se hâte d'enfiler un vieux jogging et un tee-shirt froissé dès qu'il rentre du travail.

À Pâques, vous avez passé les vacances en Bretagne, dans la Maison-de-pierre. Il est probable que vous y retourniez encore cet été, car les parents de Georges et sa sœur aînée, qui vit avec eux, ne veulent rien manquer de la grossesse de Lucille. Elle porte l'un des leurs, et elle a attiré Georges en banlieue parisienne, loin de sa région natale.

Toujours absorbé, il place un autre disque sur la platine. Il te tourne le dos, et tu approches à pas de loup, tenant à deux mains l'épais volume des *365 Histoires.* Dans un geste ample et silencieux, tu le lèves le plus haut possible. *Vlan !* Tu l'abats sur le crâne de Georges qui bondit en rugissant. Il saisit le livre d'une main et le fracasse à l'autre bout de la pièce. De l'autre, il t'attrape par le bras qu'il serre jusqu'à le tordre.

— T'es complètement folle ou quoi ! crie-t-il à deux centimètres de ton visage.

Secouée de sanglots, tu te réfugies dans les bras de Maman qui accourt aussi vite que son ventre le lui permet. Elle te serre contre elle.

— Mais qu'est-ce qui s'est passé ? Georges, qu'est-ce que tu as fait ?

Georges grimace de douleur en se frottant le crâne.

— Ta fille vient de me balancer son putain de livre en plein dans la gueule ! Voilà ce qui s'est passé !

Tu te blottis un peu plus contre Maman en chuchotant :

— Je l'ai pas fait exprès, je voulais juste lui faire une blague… Je suis désolée.

— Elle ne l'a pas fait exprès, enfin, Georges ! Qu'est-ce qui t'a pris de réagir comme ça ?

Georges marmonne qu'il a eu mal, c'est tout, qu'il a été surpris, qu'il n'a pas contrôlé son geste.

Plus tard, dans l'obscurité de ta chambre, tu n'arrives pas à t'endormir. Tu écoutes les bruits mouillés et les grincements qui viennent de la pièce d'à côté. Au pied de ton lit, il y a le livre de contes avec la couverture arrachée. Tu n'es plus si sûre que ta blague en était vraiment une. Tu ne parviens pas à exprimer ce que tu cherchais. Ce qu'au fond tu voulais vérifier.

« Allez, l'incident est clos, on oublie tout ça », a dit Maman en séchant tes larmes.

Ce n'est qu'un livre abîmé. Et ton bras ne te fait même plus souffrir. Pourtant, c'est ce jour-là que, pour la première fois, la violence a pris ses quartiers dans ta vie.

***

Ce n'est pas toi qu'on engueule. Tu ne connais même pas cette fille sur laquelle un grand type – son père ? – s'acharne en plein milieu de l'allée, entre deux rangées de légumes en conserve. On n'entend qu'eux dans tout le magasin. Elle est très pâle, raide de colère, elle lui tient tête. Elle est plus jeune que toi, douze ou treize ans tout au plus. Elle fusille du regard celui qui lui hurle dessus depuis quelques secondes.

Assourdie par les coups qui s'abattent sous ton crâne, tu parviens à peine à comprendre ce dont ils parlent. Une affaire de porte-monnaie oublié.

Tu n'es pas concernée. Des étrangers dans un supermarché. Pourtant, c'est comme si les ondes produites par les cris te traversaient de part en part. Comme si, à chaque passage, elles ébranlaient ton corps tout entier, le faisaient sauvagement vibrer de l'intérieur. Uppercut.

Cette histoire n'a rien à voir avec toi. Mais la violence de la dispute fait naître un tremblement incontrôlable dans tes épaules, le long de tes bras. Instinctivement, tu rapproches les pans de ta veste, tu serres la mâchoire pour empêcher tes dents de claquer. Le grand froid t'a saisie. À chaque fois que ça t'arrive, tu ne peux pas t'empêcher de penser à cette expression : « transie jusqu'aux os ». Tu as l'impression de faire vivre ces mots, d'en être à cet instant l'incarnation même. Transpercée, en plein mois de juin, par un froid surgi de nulle part qui, sous l'effet de cris anonymes, s'insinue en toi, pénètre par tous les pores de ta peau et te glace jusqu'à la moelle.

L'altercation est terminée. La jeune fille est partie bouder dans un autre rayon, tandis que le grand type hausse les yeux au ciel et s'insère à nouveau dans la procession des Caddie en marche vers la caisse. La scène n'a duré que quelques minutes. Mais il va te falloir plusieurs heures pour arrêter de trembler.

***

Tu as dix ans, la peau caramel et les pieds nus. Par la porte-fenêtre ouverte sur le petit balcon, tu aperçois la mer qui scintille. C'est encore le matin. Un matin tardif de vacances. Le soleil a chauffé à blanc le sentier qui mène à la plage. Dans les senteurs épicées des pins, sur la table, un pot de confiture de fraises, un morceau de brioche, une tasse de café refroidi. Tom Pouce promène son marin en peluche sur le bord de la table, doudou funambule d'un petit garçon aux bras tendus vers le plateau de bois qu'il atteint à peine. Dans un élan brusque, tu fonds sur lui en riant, prête à lui faire subir ton attaque spéciale de chatouilles. Au passage, tu heurtes une chaise, ébranles le pied de la table. Quand le pot de confiture éclate sur le carrelage en grès, il fait un bruit sourd, propulsant ses bris de verre sucrés et collants sur une large surface.

Une seconde.

Georges attrape son fils par le pyjama. Il le jette comme un paquet de chiffons mous sur le canapé.

— Putain de bordel de merde !

Le ventre noué, tu es comme engourdie. Tu dis « c'est pas lui », mais il y a trop de cris pour qu'on t'entende, trop d'agitation. Ou alors aucun son n'est sorti de ta bouche. Tout tourne autour de toi. Tom Pouce est pétrifié. Tu pleures. Ou alors c'est lui qui pleure. Georges se retourne d'un bloc, t'aperçoit, comprend son erreur. Sa colère qui s'est trompée d'objet vibre dans l'air, absurde et indécise. Il quitte la pièce. Où est passée Lucille ?

***

Un nouvel été dans la Maison-des-Sables. Tu ne dors plus dans l'alcôve car Papa, à force de travaux, est parvenu à bâtir une espèce d'extension en béton qui jouxte la maison. Dans ce cube gris, deux grands lits : un pour

Luc quand il est là, un pour toi. Rien d'autre. L'acharnement de Papa, vacances après vacances, n'a pas encore permis de créer une salle de bains ni des toilettes à l'intérieur de la bâtisse. Il faut se contenter de la cabane au fond du jardin. Quatre panneaux de bois mal ajustés, une ampoule nue qui pend du plafond et qu'on allume grâce à une ficelle, des toilettes « à la turque » donnant sur la fosse septique. À l'intérieur, une odeur qui soulève le cœur. Évidemment, à huit ans, tu es bien trop grande pour avoir un pot de chambre. Alors, quand une envie pressante t'assaille au beau milieu de la nuit, tu te concentres très fort pour l'oublier.

Lorsque tu finis par craquer, le premier défi est d'affronter le sol humide et froid. Même en plein mois d'août, il ne fait jamais chaud dans le cube. Tu glisses un pied hésitant dans une sandale, puis dans l'autre… Sans les nouer, tu te précipites vers le jardin. À quelques mètres, au milieu d'une rangée d'arbres plongés dans la pénombre, trône la fameuse cabane. Tu prends la lampe de poche que Papa t'a donnée, tu inspires un grand coup et tu fonces vers la porte de bois. Il faut actionner un petit loquet rouillé qui t'oblige à rester dos à la nuit encore quelques instants. Une fois entrée, tu n'es pas plus rassurée. Si tu tires sur la ficelle pour allumer, tu vas voir distinctement les araignées velues qui ont élu domicile dans ce cagibi puant. Mais si tu utilises seulement la lampe de poche, tu vas les deviner, tu ne pourras pas surveiller tous leurs déplacements à la fois, guetter le mouvement de leurs pattes élancées. *Bon, allez, allume.* Un frisson glisse de ta nuque vers tes épaules. Sans respirer, tu t'accroupis. Quand il y en a, les rouleaux de papier toilette sont posés sur une étagère pleine de cadavres d'insectes. La porte grince quand tu ressors, tu cours. Tu oublies le loquet. Tant pis.

De retour dans le cube, tu crois encore sentir l'abominable odeur. Elle s'accroche à l'intérieur de tes narines, elle a imprégné tes vêtements. Le cœur battant, tu te recroquevilles dans le creux que ton corps a laissé dans le matelas avachi.

La cabane est un supplice nocturne. Au matin, il n'y paraîtra plus.

***

Tu as douze ans. « On lui en donnerait seize », disent les adultes. Sur la photo de classe, ton sourire dépasse d'une bonne tête celui des copains. Tu t'accommodes tant bien que mal des remarques entendues dans les couloirs. « La gueule, laisse tomber, mais quand tu vois son corps, tu bandes », dit ton ami Mehdi. Il affiche un sourire jusqu'aux oreilles, fier de sa repartie à la vulgarité tout droit sortie des pornos qu'il mate avec son grand frère. Il pense que ça fait de lui « un homme ». Tu trouves ça nul. *Ça fait pitié !* Tu rigoles avec ta bande de copines. Au collège, ce corps déjà formé t'embarrasse vaguement. Il est un peu grand, un peu encombrant, un peu voyant parmi les silhouettes androgynes de tes amies. Mais les regards des garçons ne sont pas une menace. Dans ce monde impitoyable de l'adolescence, dans ces échanges faits de phrases crues à l'emporte-pièce et de vraie pudeur, tu sais trouver ta place.

À la maison, c'est une autre histoire.

À la maison, tu rases les murs. Tu retiens ton souffle. Tu guettes les pas de Georges dans le couloir étroit. Surtout, ne pas sortir de ta chambre s'il est dans les parages. Surtout, ne pas croiser son regard imbibé, suintant la bière et le vin. Bien sûr, tu rates parfois ton coup. Arrivée dans le virage au niveau de la chambre de Tom Pouce, tu t'aperçois que Georges est là, qu'il avance dans ta direction. Tu prends un air concentré, un air dégagé, un air occupé, un air de rien… tu calcules la meilleure trajectoire. Comment faire pour être sûre qu'il ne te frôle pas ? Rester en apnée pour ne pas sentir son odeur répugnante. Voûter le dos, gommer ta silhouette. Baisser les yeux avant qu'il ne te dévisage. Faire demi-tour si c'est encore possible, trouver une excuse. N'importe laquelle. Prendre soin d'arborer un visage de cire.

***

Tu as sept, huit, neuf ans dans la Maison-des-Sables. L'interminable mois d'août vient seulement de commencer. Encore trente jours à passer ici. Dans deux jours, il en restera vingt-huit, dans trois, vingt-sept, quand on sera dimanche, on aura déjà passé une semaine... Chaque heure de chaque jour, tu égrènes le temps. Mais le temps s'enlise, il étale ton ennui jusqu'à la nausée.

***

Tu as neuf ans et tu dévales la Plaine-aux-Peupliers. Le vent d'automne fait trembler les couleurs éclatantes, secoue les longues branches qui griffent le ciel de novembre. Les joues en feu, tu cours à perdre haleine, enjambes les souches, bondis au-dessus des flaques. Tu veux les rattraper. La petite bande est sortie du bois ; déjà, elle arrive aux « Jeux », ce vaste square qui constitue le terminus de la course. Tu rejoins les copains, essoufflée et hilare.

— T'es la dernière, Alice !

— Ouais mais je suis partie après vous, c'est pas juste !

— Allez, on se refait la descente, mais à vélo, cette fois ! Tu es partante ? On démarre du court de tennis, tout en haut de la résidence, et on se retrouve ici. Pas le droit d'utiliser les freins.

— OK, je vais chercher mon vélo !

Tu as tes clés autour du cou. Inutile de remonter à l'Appartement, le vélo est à la cave. Tu dépasses le coin de l'immeuble, empruntes un passage secret qui mène directement au sous-sol. Il faut se piquer un peu aux buissons pour se faufiler, mais c'est beaucoup plus rapide ! Hop, c'est fait. Tu enfourches ton BMX, vite, tu repars. Tu files sous les fenêtres de chez toi, tu jettes un œil à celle de la cuisine. Personne ne te surveille. Lucille te laisse jouer dehors, elle aime quand tu « prends l'air », tu es une grande fille, elle te fait confiance. Extraordinaire sensation de liberté. Vertige de ce monde infini qui t'appartient. Dans lequel tu te sens à ta place. Tu connais chaque allée, chaque pente, douce ou abrupte, le contour de chaque massif. Les immeubles portent des noms d'arbre ou de pays qui sont autant de repères sur la carte de cet univers merveilleux où vous régnez en maîtres. Romane vit aux « Cèdres », Justine aux « Marronniers ». Nicolas habite de l'autre côté des tennis, aux « Platanes ». Laëtitia, Karine, Christophe, Jérôme. Céline, Samir, Isabelle, Faïza. Un ami sous chaque porche ou presque. C'est ce que tu aimes par-dessus tout, ce qui te remplit de joie. Tu es là, avec eux, et tu existes vraiment. L'hiver, vous empruntez les mêmes pentes sur des luges improvisées. Sacs en plastique ou anoraks retournés, et tant pis si ça caille. L'été, vous cherchez la fraîcheur sous les noisetiers, vous lancez des bombes à eau du haut des balcons, vous roulez dans l'herbe au bas des talus.

Tu regardes ta montre. Dix-neuf heures. Pas le choix, il faut rentrer.

***

Tu as six ans. Au pied de la barre grise, quelques jeux sur un espace sablonneux entouré de grillage. Assise sur la balançoire à côté de la tienne, une petite fille demande :

— C'est ta maman, là-bas ?

Du menton, elle désigne Nadine, engoncée dans un manteau beige un peu râpé, qui te fixe d'un air sévère.

— Non, c'est pas ma maman. Elle, c'est Nadine, la nouvelle femme de Papa.

— Tes parents sont divorcés ?

— Oui, depuis l'année dernière. Mais c'est la première fois que je viens ici.

Tu sens qu'on t'attrape par le bras, qu'on te tire vers l'arrière.

— Allez, tu dis au revoir et on remonte, maintenant, dit Nadine sèchement en t'entraînant vers la sortie à la hâte.

Au moment de franchir le portillon du square, elle se baisse vers toi et murmure, tout contre ton oreille :

— Petite conne, arrête de raconter ta vie, tout le monde s'en fout.

Tu n'iras plus jamais au parc. Car plus jamais elle ne voudra prendre ce risque. Que la petite conne se mette à jacter et fasse savoir à la terre entière qu'elle, Nadine, est la seconde femme, la femme de seconde main, celle qu'on a prise pour se consoler de l'Autre. Celle qui n'est pas vraiment aimée, dévorée de l'intérieur par sa jalousie. Venin acide. Ta simple présence la consume. Elle voudrait chasser jusqu'à l'air que tu respires, te réduire à néant. Un week-end sur deux et la moitié des vacances scolaires, tu incarnes la Rivale. Tu ressembles à ton père – yeux bleus, cheveux clairs, peau pâle – mais ce qu'elle distingue dans la forme de ta bouche et le dessin de tes cils, ce sont les traits de l'Autre. Cette autre femme qu'elle n'a jamais vue mais qui lui a tout pris. Il lui a fallu… quoi ? Quelques semaines, quelques jours seulement, avant de s'apercevoir que l'homme qu'elle venait d'épouser ne serait jamais à elle. Chaque jour, dans son regard, elle lit le manque de l'Autre, le désir de l'Autre, une douleur et une colère si intenses, un désespoir qu'elle-même n'a jamais suscité chez personne. Elle a rêvé d'un foyer pour elle et son fils, il a fait semblant de le lui donner. Mais il n'est pas vraiment là. Enragée, déchaînée, elle maudit ta présence. Elle rôde autour de toi comme un prédateur qui attend patiemment son moment. Comment fait-elle pour retenir ses coups ? Où trouve-t-elle la force de ne pas te poignarder dans ton sommeil ? Toi, tu peux sentir la haine et la rage courir sous sa peau. Ça se voit à l'œil nu, ça transpire par tous les pores.

Est-ce que je suis la seule à m'en apercevoir ?

Non, Luc aussi. À quinze ans, ce maigre garçon qui remplit à peine son jean délavé arrive parfois à apaiser sa mère. Tu l'observes avec un mélange de fascination et de gratitude. Son air revêche, son pas traînant, ses yeux planqués sous une mèche de cheveux noirs et gras, sa peau vérolée signent plus que toute autre chose la grande différence d'âge qu'il y a entre vous. Tu es une petite fille, tu apprends à lire. Il est adolescent, il entre au lycée l'année prochaine. Pourtant, au fond de toi, tu sens qu'il est du même camp, celui des enfants meurtris qui doivent se serrer les coudes pour survivre. Réfugiée dans la chambre de Luc, à l'abri de l'ogresse, tu trompes ton ennui abyssal grâce aux petits objets qu'il te donne. Des Stabilo fluos en guise de crayons de couleur. Un Rubik's Cube. Il te fait écouter la musique qu'il aime, il te montre ses dessins. Il y a une fille dans la résidence qui lui plaît. Souvent, après le déjeuner, il sort Spooky pour pouvoir la retrouver. La promenade du chien dure le temps de leurs baisers volés dans la cage d'escalier. Mais, ce soir, au dîner, quand il faudra affronter le regard sournois de Nadine et le silence de Papa, Luc sera rentré.

« *Our house, in the middle of our street. Our house…* »

Tu as vingt-quatre ans et tu te tiens devant le cercueil ouvert. Lucille, la face rouge et sillonnée de larmes, guette l'émotion sur le visage de son fils comme si elle craignait de ne pas la voir surgir. À l'entrée du funérarium, Tom Pouce se tient très droit, impassible dans son costume noir. Il a joint ses longues mains devant lui et regarde obstinément ses chaussures. Pour l'occasion, il a accepté de troquer ses Nike contre des mocassins taille 43. Il vient d'avoir seize ans, mais tu distingues encore chez lui le petit garçon fragile et indolent avec lequel tu as partagé un morceau d'enfance. Encadré de bois clair, le visage épais de Georges se détache sur l'oreiller de satin bleu. Il ressemble à un mannequin de cire. Le soin qu'on a mis à lisser son front ne parvient pas à dissimuler la rigidité glacée de ses traits. Il n'est plus une menace. Pas même un pauvre type. Il n'est plus rien. Juste celui qu'il convient aujourd'hui de pleurer. La famille de Georges se presse autour du cercueil. La mère effondrée, agrippée au bras de sa fille. Les amis, les collègues. L'un d'eux s'approche de toi, plein de compassion, navré de faire ta connaissance dans d'aussi tristes circonstances.

— Alors, c'est toi, Alice ? Je m'appelle Hervé, je travaillais avec Georges… Il parlait beaucoup de toi, tu sais. Il était très fier de ses deux enfants. On a suivi ton parcours à distance, tes études de lettres, tes débuts dans l'enseignement… Tu es toujours dans ce métier ?

Le choc te terrasse. La culpabilité t'envahit. La honte. Tu bredouilles une réponse, tu tournes les talons. Hervé ne se vexe pas. Hervé est compréhensif, bien sûr. C'est si difficile de perdre un père aussi jeune !

Tu sens une émotion terrible te serrer la gorge. Tu sens les larmes rouler sur tes joues tandis que Lucille se rapproche de toi pour te prendre dans ses bras. Tu la repousses sans ménagement. Tu te souviens de ses messages plaintifs sur ton répondeur. « Rappelle-moi, Alice, s'il te plaît… c'est urgent, j'ai quelque chose à te dire. » Tu n'as pas rappelé. Pas le temps. Trop de boulot. De toute façon, c'est toujours grave et urgent avec Lucille. Elle a dû égarer ses lunettes. Ou ses clés de voiture.

Respecter la règle d'or, surtout ne pas céder à l'hystérie maternelle. Tu as fini par décrocher, le lendemain soir.

— Alice… c'est Maman… Pourquoi tu ne m'as pas rappelée ? C'est au sujet de Georges.

— Quoi, Georges ?

— Il est arrivé quelque chose…

Et voilà que ce mort te désigne comme sa fille. *Toi !* Tu es scandalisée. Bouleversée. Sidérée par ce lien posthume qui vient de se tisser malgré toi. Une relation impossible et absurde qui te plonge dans le plus grand désarroi. Tu as suivi les rails de ta haine toutes ces années, jusqu'à l'obsession. Jusqu'à la folie. Comment un autre aiguillage, une autre réalité serait-elle possible ?

Georges t'aimait comme un père, a dit cet inconnu.

Alors, comment a-t-il pu me faire ça ?

Tu n'as pas encore huit ans, tu fouilles dans ton cartable. Tu en sors une feuille de papier Canson aux coins un peu cornés. Le petit bonhomme aux cheveux noirs que tu as dessiné porte un pyjama bleu. Dessous, tu as écrit *Tom* et collé une ribambelle d'étoiles multicolores et brillantes. Papa y jette un œil distrait en passant devant toi.

— C'est qui, Tom, c'est ton amoureux ?

— Non, c'est mon petit frère.

Sous la barbe blonde, tu vois la mâchoire se crisper. Les épaules de Papa se raidissent. Il ne te regarde pas, il sort de la pièce. Sans un mot. Laissant derrière lui un voile de silence qui t'ensevelit lentement, masque tes yeux, emplit ta bouche jusqu'à te faire suffoquer.

Chez Papa, on n'a pas le droit de parler de Maman. Jamais. C'est interdit. Ni de Maman ni de ton oncle ni de tes grands-parents. Ni des amis de Maman qui ne sont plus ceux de Papa. Ni de tes amis à toi puisqu'ils la connaissent, ni de l'école puisque c'est Maman qui rencontre la maîtresse. Ni de ta chambre. Ni de tes jouets. Ni de ce que tu aimes lire, si tu l'as lu là-bas. Ni des vacances que tu as passées avec elle. Ni, bien sûr – à quoi pensais-tu donc, était-ce donc si important pour toi que tu n'as pas pu t'empêcher d'en parler ? – de ce nouveau bébé venu au monde plus tôt que prévu. Ce frère si fragile qu'il a fallu l'aider à respirer, si petit que tu n'as pas pu le rencontrer avant plusieurs mois. Un être lilliputien, source de tant de joie et de tant d'inquiétude là-bas, dans ton autre vie. Dans ta maison qui est la seule à pouvoir être chez toi. Chez Papa, tu n'as pas le droit d'être une grande sœur. Pas même une demi-sœur. Le silence impose sa loi et prend toute la place. Il oblitère un pan si grand de ton existence que, de toi, il ne reste plus qu'une enveloppe. Chez Papa, tu n'as pas le droit d'être toi-même car toi-même est le fruit de l'Autre. Tu es celle qu'on vient chercher le samedi parce que le juge l'a dit. Celle qu'on nourrit, qu'on embrasse maladroitement – une fois à l'aller, « bonjour », une fois au retour, « au revoir » –, celle qu'on promène parfois, le dimanche après-midi, sur les bords de l'Oise avec Nadine, mais qu'on s'interdit d'aimer encore parce que ça fait trop mal. Papa te regarde à peine. Tu sais qu'il ne t'ignore pas. Il ne déverse pas non plus sa colère sur toi. Mais ta présence est comme un coup de couteau qu'à chaque instant il esquive. Être avec toi, c'est savoir qu'il t'a perdue et qu'il l'a perdue, elle. Alors tu prends ton masque. Tu souris, tu manges, tu dors, tu réponds aux questions, tu attends que ça se passe… Jusqu'à l'heure du retour, tu comptes les minutes en t'efforçant d'être le moins là possible. Tu ne laisses que ton corps évidé, dissocié. Pour échapper à Nadine. Pour échapper à la peine de Papa.

***

Tu as dix ans dans l'Appartement. Tom Pouce pique du nez dans son assiette. Georges termine son verre. Lucille dépose sur la table une grande jatte de salade de fruits.

— Ah, j'ai oublié les couverts pour servir, je reviens !

Tandis qu'elle retourne dans la cuisine, tu attrapes un morceau de poire entre deux doigts et l'enfournes dans ta bouche. Un morceau de pomme, ensuite. Puis une rondelle de banane. La main de Georges s'abat sur ta figure et fait vriller ton cou. « C'est pas des manières. »

***

Tu as treize ans, tu frappes un léger coup à la porte des voisins. Claire et Sébastien ont trois enfants, trois merveilleux garçons qui vivent sur le même palier que toi. Juste en face. Le week-end, quand tu n'es pas chez Papa, tu « traverses » pour garder les petits monstres, le temps d'une soirée ou jusque tard dans la nuit. Claire est une grande et belle jeune femme. Lumineuse, pétillante. Tu adores la voir virevolter d'une pièce à l'autre dans sa petite robe rouge. Légère, elle file dans la cuisine, caresse tendrement la tête de son aîné pendant que tu donnes le biberon au plus jeune. Tout, dans leur maison, respire la joie et la simplicité. Quand Sébastien la taquine, elle éclate d'un grand rire sonore.

— On sera là vers minuit, Alice. C'est OK ? N'oublie pas de changer Arthur avant de le mettre au lit. Les grands ont le droit de regarder un dessin animé jusqu'à neuf heures, pas plus.

— Oui, pas de problème.

— Si tu as faim, tu te sers dans le frigo, comme d'habitude !

Cliquetis de ses bracelets d'or au poignet, bruissement d'étoffe, et la voilà partie.

Claire ne fait jamais de remarque sur les paquets de biscuits qui disparaissent après ton passage. Les plaques de chocolat. Le fromage. Parfois, tu te dis que, peut-être, elle n'y fait pas attention. Qu'elle ne s'en rend pas compte parce que tu as veillé à laisser un cookie au moins au fond de la boîte. Pitoyable stratagème. Mais, la plupart du temps, tu as conscience que ça ne peut pas lui échapper. C'est impossible. Forcément, elle sait. Honte absolue qui finit toujours par te pousser à nouveau vers la cuisine. Dévaster les placards comme d'autres vident les bouteilles.

Une fois les enfants couchés et ton ventre prêt à exploser, tu paresses sur le vieux canapé en velours en lisant les BD qui traînent sur la table basse. Claire a dit « minuit » mais tu sais qu'ils ne rentreront pas avant une ou deux heures du matin. Contre les coussins moelleux, tu finiras par tomber dans un demi-sommeil, guettant le bruit de l'ascenseur pour que tes voisins ne te trouvent pas profondément endormie dans leur salon. Tu es une bonne baby-sitter, tout de même ! Tu veux te montrer digne de la confiance qu'ils t'accordent en te laissant leurs petits. Un joyeux bazar peuple la maison. Des jouets un peu partout, des dessins au mur entre deux peintures anciennes, un tas de petits vêtements qui attend d'être rangé. Tu inspires un grand coup comme si tu voulais t'imprégner tout entière de l'odeur de paix qui règne ici. Tu goûtes le silence à peine troublé par le bruit du vent qui fait vibrer de temps en temps la baie vitrée dans la nuit. Au début, tu vérifiais sans arrêt qu'Arthur allait bien, qu'il respirait toujours. Un si petit bébé. Malgré toute la bienveillance de Claire, son sourire enveloppant lorsqu'elle te l'avait mis dans les bras pour la première fois, tu ne savais pas si tu allais t'en sortir. Surtout avec Édouard et Gauthier qui n'avaient pas la moindre intention de partager leur Alice préférée. Mais tout s'était bien passé. Et, plus les mois passaient, plus tu chérissais cette famille d'en face, si différente de la tienne.

Un soir, Claire était rentrée plus tôt que prévu. C'était peu après la naissance d'Arthur, et elle s'était sentie fatiguée. Elle avait pris un taxi pour que Sébastien puisse profiter encore de la soirée. Jetant manteau et sac à main en vrac dans l'entrée, elle s'était écroulée à tes côtés sur le canapé. Vous aviez discuté un peu. De ses enfants. De ton collège. De ta passion pour les chevaux que Claire, grande cavalière, comprenait si bien. Puis soudain, elle t'avait pris la main :

— Alice… Avec Sébastien, on entend, tu sais, ce qui se passe chez toi. Si un jour ça dégénère, tu n'hésites pas, tu viens chez nous. Même en pleine nuit.

***

Tu as quatorze ans et ton ventre te fait terriblement souffrir. Tous les mois, c'est la même chose. Un ou deux jours après le début de tes règles, tu as tellement mal que tu te retrouves pliée en deux. Allongée sur ton lit, tu te tords de douleur comme si de minuscules poignards s'enfonçaient dans le bas de ton dos. Ils fouillent l'intérieur de tes hanches, propagent des décharges électriques jusque dans tes cuisses. Tous les Spasfon du monde n'y peuvent rien, et, même si « c'est normal de souffrir quand on est une femme », Lucille commence à s'inquiéter que tu ne puisses pas aller au collège demain.

À sa demande, Georges vient à la rescousse. Une première année de médecine échouée il y a plus de vingt ans lui confère étrangement aux yeux de Lucille de vagues pouvoirs de guérisseur. L'air docte et le visage grave, il s'approche de ton lit avec circonspection, s'agenouille près de toi, soulève ton tee-shirt et baisse un peu ton pantalon. Au second plan, Lucille assiste à la scène, attendant fébrilement le diagnostic, dans l'espoir d'un miracle.

Immobile, tu regardes les mains de Georges palper ton ventre, le masser, le pétrir autour du nombril. Tandis que ses doigts glissent jusqu'à l'aine puis remontent en appuyant un peu, tu repousses obstinément chaque sensation qui tente de se faire jour, de percer jusqu'à toi. Tu t'anesthésies. Ce n'est pas si difficile, tu es bien entraînée. Tu peux même sourire et répondre à des questions si on t'en pose.

Ce n'est plus toi, c'est une autre qu'on ausculte et qu'on touche.

***

Quand la voiture de Bastien et sa famille apparaît en cahotant au bout du chemin, la Maison-des-Sables devient une aventure. Bastien a huit ans, un an de moins que toi. C'est le neveu de Nadine mais, chose étrange, sa mère et son père paraissent tout à fait normaux. Dès qu'ils sont là, la maison, le jardin, les prés alentour… l'univers devient plus sûr. Comme si tout ce qu'ils touchaient était protégé par un bouclier cosmique ultra-puissant ! En présence de sa sœur, Nadine se fait discrète, elle se tient à carreau. Pas de piques assassines, pas d'insultes, pas de pincements en douce. Pour huit ou dix jours, sa douceur de façade est une bénédiction.

Avec Bastien, tu passes toute la journée dehors, et la suivante, et celle d'après encore.

Les eaux glauques de la mare entourée de ronces deviennent votre terrain de chasse : vous vous gavez de mûres, vous attrapez les rainettes et les escargots. La cabane au fond du jardin est le repaire d'infâmes brigands, les arbres décharnés sont vos échasses, vos escaliers, les gardes du château. Sioux dans le sous-bois, vous ramassez de quoi faire vos arcs et vos flèches, suivis par votre fidèle Spooky qui n'aime pas vous voir vous éloigner.

Luc a fabriqué des cerfs-volants avec de vieux sacs, vous avez joué avec tout l'après-midi et, ce soir, Papa a prévu de tirer un feu d'artifice dans le champ voisin. C'est un peu dangereux, alors Bastien et toi devrez rester à bonne distance. Parfois, Papa fait brûler des herbes et des branchages derrière la maison. Ça fait un feu gigantesque que vous aimez regarder pendant des heures. Interdiction de s'approcher mais, dès qu'il a le dos tourné, vous jetez des feuilles dans les flammes. Les étincelles s'envolent et trouent la nuit de leurs éclats crépitants. Tu fermes les yeux, tu humes cette odeur venue du fond des âges. Tes joues rouges sont des pommes brûlantes sur lesquelles se reflète la lumière dansante du brasier.

La sœur de Bastien s'appelle Céline. Elle a dix-huit ans, mais « c'est comme si elle avait dix ans dans sa tête ». Elle a des difficultés à parler, elle cherche souvent ses mots. Comme c'est étrange pour toi de voir cette grande personne, cette femme qui a des seins et des hanches larges, s'amuser des mêmes choses que vous, participer aux courses d'escargots et lire la « Bibliothèque verte » ! Mais elle a un immense sourire, elle est chaleureuse, elle aime rire aux éclats, courir sur les chemins. Elle te prête son walkman et ses BD. Elle taquine sans arrêt Bastien, mais elle l'aime autant que toi tu aimes Tom Pouce. Quand tu es avec eux, tu n'as plus envie de disparaître. Sous ta peau, sous la surface de tes yeux, tu réapparais.

***

Ça fait un moment déjà que tu n'as plus faim. Tu n'en as même plus envie. Pourtant, tu déroules consciencieusement les rouleaux de réglisse qui te restent. Tu prends le bout sucré entre tes lèvres et tu aspires dans un sifflement bref le serpent noir et gluant qui pendouille sur ton menton. C'est le dernier paquet. Le contenu des trois autres a disparu. Un mix fraises Tagada-Banan's, des Carambar Caranougat et des Frizzi Pazzi qui piquent et éclatent dans la bouche. Engloutis. Gobés. Dévorés en urgence au sommet des

« Cèdres ». Un immeuble de 6 étages + 1. Personne ne vit au septième, couloir percé de portes closes « réservées aux agents d'entretien ». La dernière à droite est un secret bien gardé par les enfants de la Plaine-aux-Peupliers. Il suffit de la pousser un peu fort pour découvrir un escalier étroit. En haut des marches de béton, un petit palier permet d'accéder au toit. La porte vers l'extérieur est cette fois bien fermée. Mais le palier est coiffé d'un étrange dôme de Plexiglas usé qui laisse filtrer le jour. Là, dans la lumière sale de la minuscule pièce, tu viens t'asseoir par terre, ton gros cartable dans le dos et tes folles réserves d'écureuil sur les genoux.

Tu as choisi ce bâtiment car c'est le plus éloigné du petit centre commercial de la résidence. Une boulangerie, une pharmacie, un bar PMU… et le Shopi où tu voles régulièrement ta dose de bonbons. Souvent, c'est le jeudi, le jour où tu vas au gymnase avec ta classe. Ça te permet d'emporter un sac de sport sans que Maman pose de questions. Il s'ouvre et se referme très vite à l'aide d'un cordon. Pratique pour faire glisser dedans les paquets en bord de rayonnage.

En quelques mastications énergiques, tu viens à bout du dernier à la réglisse. Les lèvres tachées de jus noir, le palais saturé de sucre, tu t'allonges un instant sur ton cartable. Tu fermes les yeux. Tu as trop mal au cœur pour te lever et rentrer chez toi tout de suite. De toute façon, rien ne presse. Maman ne sera pas là avant une heure ou deux, elle doit aller chercher Tom Pouce chez Mamie. Elle t'autorise à rentrer toute seule de l'école, tu prends ton goûter comme si de rien n'était, comme si ton estomac n'était pas déjà plein à ras bord, comme si tu pouvais encore avaler quelque chose. L'écureuil t'a peut-être dévorée de l'intérieur pour faire de la place ?

Tu expédies tes devoirs. Tu as huit ans et, bientôt, Maman et Tom Pouce seront rentrés. Georges aussi. Puis ce sera l'heure du dîner et tu pourras manger à nouveau.

***

Ils sont partis. Tu as attendu ce samedi pendant des jours et des jours. Tu as compté les heures et les minutes qui te séparaient de cette soirée. Et maintenant, ils sont partis. Pierre, Anne-Marie et leur fils, Olivier. Elle a rassemblé leurs affaires à la hâte. Elle a chuchoté à son mari :

— On y va, Pierre, je ne reste pas une seconde de plus dans cette maison ! Olivier, tu mets tes chaussures.

Olivier n'a pas dit un mot. Le visage fermé, inquiet, il n'a pas cherché à protester contre ce départ précipité comme il l'aurait fait d'ordinaire. Il a compris que quelque chose de grave s'était passé. Que, malgré toute la rébellion farouche dont ses quatorze ans étaient capables, cette fois, il fallait s'exécuter sans broncher. Il ne t'a même pas adressé un regard lorsqu'il a franchi la porte qui a claqué derrière eux.

Après les cris, la fureur et le fracas, c'est le silence qui emplit l'Appartement.

— C'est ça, co... conasse, b... barre-toi, c'est..., c'est ce que t'as de mieux à faire..., bredouille soudain Georges en direction de la porte close.

Il fait quelques pas, trébuche sur une chaise renversée, puis s'écroule à moitié sur le canapé.

— Reste là, pauvre type, lâche Lucille à voix basse. Je t'interdis de mettre les pieds dans la chambre.

Tu te tiens à l'entrée du couloir. Personne ne t'a remarquée. Ni Georges, ni même Lucille. Les mains moites, tu fais demi-tour. En passant devant la chambre de Tom Pouce, tu te figes. Tu abaisses la poignée sans un bruit. Petit corps chaud en travers du lit.

Souffle paisible. Boucles noires émergeant des peluches entassées.

C'est bon. Il dort. Il n'a rien entendu.

Dans la nuit de décembre, immobile et raide sur ton lit sans sommeil, tu fixes le plafond. Tu essaies de comprendre comment un soir plein de promesses a pu se transformer en carnage. Aux fourneaux tout l'après-midi, Lucille a pourtant essayé de donner un peu d'allure à son dîner. Elle a mis les petits plats dans les grands, a dressé une jolie table, s'est préparée longuement dans la salle de bains pour pouvoir offrir à ses invités le visage reposé et avenant qu'ils étaient en droit d'attendre de leur hôtesse. Pierre et Anne-Marie, on ne les avait pas vus depuis la fin août. Tout l'été, Olivier et toi, vous vous étiez fait chambrer sans arrêt. « Trop mignon, le petit couple ! » « Ça va, les amoureux ? » À croire que les adultes n'avaient rien de mieux à faire de leurs vacances. Et quand Georges, après deux ou trois verres, se mettait à faire des clins d'œil appuyés et des gestes explicites, tu aurais voulu disparaître sous terre. Ou le tuer. Au choix.

Pourtant, rien, pas même les pires obscénités de Georges, n'aurait pu te faire renoncer à passer du temps avec Olivier. Tu voulais profiter de chaque instant avec lui, les matins sur la plage et les soirées dans les rochers. Danser le 14 Juillet sur la place de l'église. Sillonner la campagne bretonne sur vos vélos déglingués. Commander un indien trop sucré au bar de la plage et dévorer les gaufres de « Chez Claudine ». Et, lorsque le moment était venu de se dire au revoir, quand l'approche de septembre avait mis fin à la banalité de cette extraordinaire histoire d'amour, tu t'étais sentie – authentiquement, violemment – désespérée. Un désespoir de tragédie grecque. Un chagrin d'une incompréhensible intensité, dur comme la pierre et aggravé par la perspective de ta rentrée prochaine dans un nouveau collège, une nouvelle ville que tu détestes par-dessus tout. Ce qui te torturait, ce qui te terrassait, à l'arrière de la 405 chargée à bloc qui reprenait la direction de Paris, c'était de ne pas savoir quand tu le reverrais. Pas avant l'été prochain ? Ça sonnait comme une vie à attendre… une éternité. Et si Olivier ne t'aimait plus ? Si c'était trop long pour lui ? S'il tombait amoureux d'une fille de sa classe ? « Loin des yeux, loin du cœur. » Tu avais lu ça quelque part, tu te doutais que ça s'appliquait aux garçons, surtout quand ils étaient en quatrième.

Sans surprise, tu avais passé tout le premier trimestre à ne penser qu'à lui. À y penser tous les jours, tous les soirs, à noircir des dizaines de pages de ton journal pour ne parler que de lui. Sans jamais l'appeler. Ni lui écrire une ligne. Alors quand, à la fin de l'automne, Maman avait suggéré d'inviter Pierre et Anne-Marie, tu t'étais littéralement liquéfiée.

— On pourrait proposer aux Le Goff de venir dîner, Georges, qu'est-ce que tu en penses ? Ils n'ont jamais vu notre nouvel appartement…

C'était pourtant hautement improbable que Maman fasse un truc pareil ! Depuis que vous aviez emménagé à Perdu-la-Forêt, plus personne ne venait dîner à la maison. Le petit cercle des copines de Lucille – leurs maris, leurs enfants – se retrouvait ailleurs, chez l'une ou chez l'autre. Mais pas chez toi. « Trop loin de Paris. » Et jamais en présence de Georges. « Il est fatigué, Georges, le week-end, il préfère rester à la maison. » Tout le monde s'accordait sur cette version officielle, tout le monde glissait à la surface de cette vérité propre et lisse. Peu à peu, les visites étaient devenues rares. Car personne ne s'infligeait plus de passer une soirée avec Georges. Mais, cette fois, ce serait différent. Pierre et Anne-Marie n'étaient-ils pas, d'abord, les amis de Georges, ses « vieux potes » ? Avec eux, il se comporterait différemment. Eux lui pardonneraient sûrement un écart ou deux.

Tétanisée, tu te repasses le film. Tu cherches, tu analyses, tu décortiques. Tu y mets toute la rage dont tu es capable. Ce qui te rend malade, ce n'est pas que Georges se soit comporté comme un porc. Ce n'est pas qu'il ait humilié Lucille, qu'il l'ait rabaissée plus bas que terre. Ce n'est pas qu'il ait saccagé la table, renversé les chaises. Ni même qu'il ait insulté ses propres amis, dernier rempart, dernière digue qu'il a fait céder, un verre après l'autre. Non, tu as quatorze ans et ce qui te rend malade, c'est l'expression sur le visage d'Olivier. Un mélange de peur, de colère et de soulagement. Le soulagement de pouvoir quitter ces gens, cet endroit, et de ne plus jamais y remettre les pieds.

***

Tu as onze ans. Nadine et Papa vont bientôt déménager. Depuis quatre ans qu'ils vivent dans *leur* appartement, tu n'as jamais réussi à t'y sentir bien. Pas un seul instant. Alors celui-ci ou un autre… Comme tous les week-ends, tu cherches un moyen de faire passer le temps. Tu bouquines sur le lit de Luc, tu dessines sur son bureau. « À table ! »

Tu bouquines dans le canapé, tu dessines dans la cuisine. Tant qu'il n'y a personne. Si Nadine ou Papa entre dans la pièce, aussitôt, tu es mal à l'aise. Chez eux, tu es toujours de trop.

Tu t'ennuies à mourir et pourtant c'est comme si tu n'arrivais jamais à être seule avec toi-même. Comme si tu étais à la fois là et pas là. Comme si ce sentiment faisait partie des murs. Tu cherches un endroit où tu pourrais penser, te rassembler. Respirer. Il n'y a que les toilettes pour procurer un peu de répit à ton esprit aux aguets. Elles sont au bout du couloir. Elles ferment à clé. Tu y restes aussi longtemps que tu peux te le permettre sans que ça devienne louche. Tu fermes les yeux, tu inspires à fond. Tu te parles à toi-même. Tu comptes combien de temps il reste avant de rentrer. Combien d'heures exactement.

Dans la voiture qui te ramène chez Maman, tu as mal au cœur. L'odeur du tabac imprègne les sièges. À la radio, Nadine et Papa écoutent *Les Grosses Têtes*. Tu ne comprends pas pourquoi ils rient. Au bout d'une heure, un peu plus, ils se garent derrière chez toi. Ils ne rentrent jamais dans l'immeuble. Depuis toujours, c'est le même rituel : tu montes, tu allumes la lumière, tu te montres à la fenêtre qui donne sur le parking. C'est le signal que tu es bien arrivée. Que Papa a accompli son devoir, un énième week-end sur l'interminable liste des week-ends sur deux. Et qu'il peut repartir. Deux heures de bouchons pour rentrer chez lui. Imperturbablement.

*

Deux semaines plus tard, rituel inverse : tu guettes à la fenêtre l'arrivée de Papa. Toutes les cinq minutes, Lucille demande :

— Ton père est là, Alice ? Tu surveilles, hein ?

Mais Papa est toujours en retard, et Lucille fait semblant de ne jamais le remarquer. Quand tu avais cinq ans, six ans, sept ans… c'était la même chose. Au début, tu montais sur un marchepied pour pouvoir regarder par la vitre. Et tu restais une demi-heure, une heure parfois, à attendre qu'il arrive. Quand tu finissais par relâcher ta surveillance pour retourner jouer, inévitablement, sa silhouette et celle de Nadine se matérialisaient « en bas ». Deux arbres morts enracinés. Le regard obstinément tourné vers le sol pour ne pas risquer de croiser celui de Lucille, de percevoir son ombre à travers un rideau. Parfois, la voix de Georges te parvenait du salon. Il avait aperçu les deux corps étrangement immobiles au pied de l'immeuble.

— Alice, ton père est là !

Ton père que Georges n'a jamais vu.

Maman vérifie que tu as bien ton sac, elle te serre dans ses bras :

— À dimanche, Puce, passe un bon week-end.

Une fois en bas, baiser sec. Joue molle de Nadine. Barbe de Papa qui pique. La voiture. Le tabac froid. Les bouchons.

Cette fois, Papa t'annonce une « surprise ». Qu'est-ce que ça peut être ? Des immeubles blancs. Pas très grands. Tous les mêmes. Au troisième étage, le nouvel appartement. Après avoir fait le tour de quelques pièces neuves et grises, Papa ouvre fièrement une porte :

— Et voilà ! Maintenant, tu auras ta chambre. En plus, il y a la télé !

C'est une petite pièce carrée, murs nus, moquette bleu sombre. On y a mis ton lit pliant, une armoire, un vieux poste de télévision noir et blanc, à même le sol. Et les cartons du déménagement.

Tu vois bien que Papa a l'air content, alors tu dis :

— Ah, super, merci.

— Ça te fait plaisir ? La chambre de Luc est juste à côté.

C'est mieux que les toilettes.

Tout au long des vingt-six week-ends que tu passeras dans cet appartement, les cartons et les murs blancs te tiendront compagnie. Mais surtout la télé. 10 h 15, *Super Jaimie*. 11 h 30, *Wonder Woman*. 13 h 35, *L'Homme qui valait trois milliards* (tu aimes moins, mais il faut bien s'occuper). 15 h 15, *Shérif, fais-moi peur* (« Bo Duke est tellement bôôô… »), 17 h 30, *K2000*.

La fin du dimanche approche. Et demain, c'est le plus beau jour de la semaine.

***

— Ce que tu peux être casse-couilles, ma pauv'fille !

— Espèce de salaud, je t'interdis de me parler comme ça.

Le quotidien, dans l'Appartement, est consciencieusement rythmé par les disputes de Georges et Lucille. Les sujets sont variés – l'argent, la nourriture, Tom Pouce, toi, les chaussettes sales, la lunette des toilettes – mais le déroulé est, à peu de chose près, toujours le même. Un reproche tombe. Venu de l'un ou de l'autre, mais le plus souvent de Lucille qui porte sur ses épaules la charge du foyer, de l'école, des enfants.

— Tu déconnes ou quoi ? J'te parle comme je veux.

Cris. Portes qui claquent. Insultes. Lucille est dans tous ses états. Georges enrage et s'agite :

— Vieille folle, va te faire soigner !

Lorsque les mots ne suffisent plus, la tension monte d'un cran. Surtout quand le déjeuner ou le dîner a été bien arrosé.

Une nuit – tu avais douze ans –, tu as été réveillée par des hurlements.

— Je peux pas le croire, Georges ! Tu as pissé sur la moquette ? Tu me dégoûtes !

Pas de réponse de l'intéressé.

***

— Préparez-vous pour un départ au galop à droite… À droite, galop !

Emmitouflée dans une doudoune verte, au centre du manège, la monitrice tape des pieds pour se réchauffer. Dehors, la nuit d'hiver est tombée depuis deux heures au moins alors que le cours de dressage vient seulement de commencer. Les gradins sont déserts autour de la piste sableuse. La vapeur s'échappe des naseaux des chevaux, de leurs ventres chauds. Le tien, un alezan de grande taille, s'appelle Priam.

En plein mois de janvier, quitter la maison à vingt heures avec une journée de lycée derrière toi, ce n'est pas toujours facile. Pas envie d'enfiler le pantalon, les bottes, la bombe… de vérifier le sac de pansage et de ressortir dans la morsure du froid. Pour Maman aussi, c'est un peu la corvée. Elle te conduit en voiture, attend plus d'une heure dans la R5 sur le parking ; le chauffage à fond, elle corrige ses copies ou prépare ses cours de la semaine. Mais les leçons d'équitation coûtent cher, alors elle se motive.

Odeur puissante des chevaux, cliquetis des sabots, souffles brefs, hennissements au loin. Tu as quinze ans et, quand tu entres dans son box, Priam te salue d'un coup de tête puis, la plupart du temps, te présente sa croupe…

— T'as pas envie de travailler ce soir, mon grand ?

Appuyant fermement ton épaule sur la pointe de sa hanche, tu pèses contre son corps massif, tu le contrains à se pousser un peu, puis à faire demi-tour. Calmement. Sans précipitation.

— Là… comme ça… c'est bien…

Tu places ta main sous ses naseaux pour entrer en contact, tu lui flattes l'encolure, poses ton front contre son chanfrein. Tu adores ce moment. Ce contact intime, privilégié, avec un animal qui fait trois fois ta taille. Ce mélange de douceur – douceur de la fine peau autour des naseaux, piquetée de poils durs, douceur huilée de la fourrure fauve – et d'incroyable puissance. Priam, beau joueur, se laisse faire. Il gonfle un peu son ventre pour que tu ne le sangles pas trop serré. Bon. Tu feras les derniers réglages une fois sur son dos.

En le conduisant d'une main sûre vers le manège, tu croises d'autres cavaliers. Certains rentrent au box, d'autres, comme toi, se dirigent vers la double porte en bois largement ouverte. Tu ne les connais pas très bien. La plupart sont bien plus âgés que toi, des adultes qui n'ont que ce créneau libre dans leur emploi du temps. De toute façon, tu n'es pas là pour te faire des amis. L'unique relation qui vaille le coup, ici, c'est celle que tu entretiens avec les chevaux. Le sentiment de grisante liberté quand, au rythme du galop, tu accompagnes chaque foulée de l'animal. Au début, c'est assez chaotique. Le trot n'est pas une allure agréable. Tu tressautes sur le dos dur de ton cheval, tu as du mal à trouver une position confortable. Et puis, d'un coup, l'harmonie s'installe. Une forme de fusion qui te procure, chaque fois, un plaisir renouvelé. Une histoire d'équilibre et de tact, la rencontre de deux énergies, le poids plume de la cavalière guidant la force pure de l'animal. Avec, au fond de toi, la sensation qu'à tout moment le cheval peut reprendre ses droits.

***

Tu as huit ans au camping des Palmes. Dans l'espace exigu de la caravane, tu étales consciencieusement ton tee-shirt sur la mini-planche à repasser que tu as installée sur la table en Formica. Assis sur la banquette, en face de toi, Luc lit un *Gaston Lagaffe*. Tu ne sais pas où est Papa. Nadine est allée faire des courses à l'épicerie du village.

« Chuis pas ta bonne. » C'est ce qu'elle a dit l'autre jour. Depuis l'été dernier, tu prépares ton petit déjeuner toute seule. Mais la lessive et le repassage, ça, c'est nouveau.

— Franchement, qu'est-ce qu'elle t'a appris, ta mère ? C'est pas à moi de me taper tout le boulot, quand même !

Tu as déjà vu Maman faire, mais tu n'es pas très à l'aise. Le fer est lourd, la table est toute petite et trop haute. Les vêtements font des gros plis quand tu essaies de les aplatir.

Au bout d'un moment, Nadine rentre. Elle grimpe la marche qui donne accès à la caravane, mais, entre la table dépliée, la planche à repasser, les grands pieds de Luc et toi dans le passage, elle n'a pas la place d'entrer avec son cabas de paille. Les dents serrées, elle donne un grand coup de sac dans la planche. Tu arrêtes de respirer. Nouveau coup, plus fort. Le fer brûlant tangue sur son support. Luc lève les yeux de sa BD. Un coup encore.

— Arrête, maman, s'il te plaît, le fer va tomber.

Nadine soupire bruyamment et finit par passer en grommelant.

Ce sera tout pour cette fois.

***

Tu as douze ans, du fond de ton lit, la couette remontée jusqu'aux oreilles, tu entends les bruits de la maison qui se réveille. Comme tous les matins, difficile d'émerger. Pas envie. Tu glisses un orteil dehors… *Brrrr…*

— Alice, debout, il est sept heures, te crie Maman à travers la porte.

Soupir.

— Alice, sept heures cinq ! Tu vas être en retard ! Je te rappelle que c'est toi qui emmènes Tom Pouce à l'école le mardi…

Pffff…

— Alice… sept heures dix ! Lève-toi, s'il te plaît ! Je te préviens, dans vingt minutes, je suis partie.

Tu t'étires un peu. Il va falloir se bouger, c'est sûr…

Encore une ou deux minutes.

Tu enfonces ta tête dans l'oreiller pour profiter des derniers instants quand, soudain, Georges ouvre la porte à la volée. Sans dire un mot, il t'attrape par une jambe et un bras, et te jette par terre. Bruit sourd de l'épaule contre les lames du parquet.

— Voilà, dit-il. Tu es levée maintenant.

***

Lundi. Sur le jour de la lune se lève toujours une aube pleine de promesses. Dans la cour du collège Paul-Éluard, tu sais que la petite bande de 5e 2 t'attend. Tu t'amuses tellement qu'au prochain bulletin, tu vas encore avoir Lucille sur le dos. Quand elle va voir tes notes… Pour une mère prof, l'école, c'est sacré.

Pour toi aussi.

Toi, l'école, tu n'as jamais fait d'histoires pour y aller. Jamais pleuré le matin en quittant la maison, jamais tiré sur des jupes ou des jambes de pantalon dont il aurait fallu t'arracher pour te jeter dans la gueule du loup. Tu es toujours partie sans te retourner, cartable au dos, pressée de franchir la grille de cet univers bien ordonné, régi par des lois claires et des figures d'autorité aux noms soigneusement calligraphiés au tableau.

Pressée, surtout, de reprendre chaque matin ta place dans la ronde. Le cercle élastique, mouvant, des amitiés enfantines, capable de faire siens les nouveaux éléments comme s'ils avaient toujours été là. Ou au contraire de les rejeter durement. Au collège, tu vois bien que tous n'ont pas la même facilité que toi à y entrer, à pénétrer dans le tissu organique de la relation à l'autre pour mieux s'y fondre. Et, dans ce grand cercle, dans cet univers sécurisant où pour toi la vie est rendue possible, une petite bulle, intime, contient à elle seule tout ton oxygène : celle des « meilleurs amis ».

Sabrina vit sur une péniche. Le week-end dernier, Laurence et toi avez dormi chez elle, dans la chambre sur le pont d'où l'on peut apercevoir le scintillement de la Seine dans la nuit. Blotties les unes contre les autres, chuchotant sous la couette pour que les parents de Sabrina ne vous entendent pas, vous vous êtes laissé bercer par le clapot des vagues contre la coque. Tu voudrais que ces instants fugaces durent toute la vie. Tu voudrais pouvoir ressentir cette plénitude même lorsqu'elles ne sont pas là. Dire que, dans quelques mois à peine, tu vas devoir les quitter !

Lucille et Georges cherchent un nouvel appartement, plus grand, moins cher. Loin d'ici. Ils en ont visité un la semaine dernière à l'Étang-des-Bois. Un second à Perdu-la-Forêt qui leur a bien plu. Autant dire à l'autre bout du monde. Catastrophée, tu as essayé de convaincre Lucille que c'était une *très* mauvaise idée. Que jamais tu ne t'en remettrais. Que tu préférais *mourir* plutôt que d'aller vivre là-bas. Tu *hais* déjà tout ce que tu sais de cet endroit. Il paraît qu'il n'y a pas de gare à Perdu-la-Forêt ! Ça existe vraiment, un endroit où même les trains refusent d'aller ?

***

Descendant d'un pas rapide le boulevard des Pins, tu as laissé derrière toi la Maison-de-pierre. Vous n'êtes là que pour le week-end de Pâques, mais vingt-quatre heures ont suffi à te mettre en rage. Vingt-quatre heures d'une comédie intitulée « La légende du prince Georges » et qu'il va falloir encore supporter deux jours de plus. Fils modèle, toujours prévenant avec sa « petite mère », frère affectueux et taquin, volontiers charmeur même s'il n'a plus rien du play-boy qui se pavanait autrefois sur les terrains de beach-volley ou grattait trois notes de guitare autour d'un feu sur la plage. Georges est ici chez lui, c'est le gars du coin qu'on connaît depuis toujours. Il plaisante, il fait le clown, il chante un air des Stones avec sa sœur quand tout le monde se rassemble sous le figuier pour l'apéro.

Tu as quinze ans et tu assistes au spectacle qui, un jour, a dû séduire une Lucille en manque de mâle et en quête de géniteur.

Tu profites du répit. Quoi que tu fasses, il est peu probable qu'il te frappe ou t'approche de trop près dans ces circonstances. Mais tu sens aussi la vague de colère grossir et rouler au fond de ton ventre. Derrière les yeux rieurs de Georges, tu vois son regard trouble. Son gros nez, ses lèvres épaisses qui forment des mots que tu n'écoutes pas alors qu'il fredonne gaiement. Tout, en lui, te répugne. Comment ces gens peuvent-ils être aussi aveugles ? Comment peuvent-ils se laisser prendre à ce petit jeu ?

S'ils savaient, s'ils savaient, s'ils savaient…

Puisqu'ils ne savent pas, puisque tu ne peux pas leur dire, puisque l'angoisse te suit partout où tu vas, que le danger t'oppresse même lorsqu'il s'éloigne, c'est à toi, jour après jour, souffle après souffle, d'inventer ta survie.

Comme prévu, Stéphanie t'attend face à la mer, sur ce rocher qu'on appelle, dans la région, « le Lion endormi » parce qu'il a vaguement la forme d'un fauve au repos. Stéphanie est la cousine d'Olivier. Elle habite à l'année dans l'arrière-pays, mais ses parents viennent parfois passer les petites vacances sur le littoral.

— Tu es sûre, Alice ? Elle doit être vraiment glaciale…

— Allez, viens, on descend au moins la goûter. Je suis sûre qu'une fois dedans, on sentira plus rien !

— Ouais, on sentira plus rien parce qu'on sera congelées…

Sans hésiter, tu balances tes sandales et retires ta robe de plage. Tu n'emportes que ta serviette au bord de l'eau. Tu te retournes en scandant :

— Stéphanie ! Stéphanie !

Dans un sourire, elle finit par rendre les armes, ôte son pull et son short, s'approche à son tour. Tandis qu'elle glisse prudemment un orteil parmi les vaguelettes qui s'écrasent sur le sable, tu inspires un grand coup. Trois, deux, un… Immersion. Délicieuse morsure de l'eau glacée qui t'enveloppe soudain. Tu nages vigoureusement pour te réchauffer, droit vers le large. Peu à peu, les milliers d'aiguilles qui transperçaient tes cuisses, tes bras, ta poitrine s'estompent pour faire place à la caresse enveloppante de la mer d'avril.

— Elle est super bonne, non ? lances-tu à Stéphanie qui a maintenant de l'eau jusqu'à la taille.

Grimace de désespoir. Elle n'a pas l'air de ton avis.

Brasse après brasse, tu éprouves ta force, tu ressens ta puissance. Combattre les flots jusqu'à perdre haleine, les fendre, sentir aussi qu'ils te portent et te bercent. Peu à peu, laisser fondre la colère.

***

— On se retrouve à la cantine à midi ?

— Ça marche !

La sonnerie retentit, mettant fin à la récré. Avant de s'engouffrer dans sa classe pour son cours de maths, Sarah te fait un petit signe de la main. Elle est tellement belle ! Tu ne te lasses pas d'admirer ses longs cheveux noirs qui se balancent doucement dans son dos quand elle marche. Quand elle te regarde avec toute l'intensité de ses yeux sombres bordés d'immenses cils, tu as l'impression que vous êtes aimantées l'une à l'autre, comme reliées par un trait de lumière invisible et ardent qui vous éclaire jusqu'au fond du cœur. Elle a le même âge que toi mais elle est en troisième. Toi en quatrième. Quand tu l'as rencontrée, cette infime différence la rendait totalement inaccessible. Sans faire vraiment partie des « cools » du collège, des filles les plus en vue, elle était chargée d'une aura de mystère. Tout semblait si facile pour elle, si léger. Partir d'un grand rire qui illumine son visage plein de charme, aux traits irréguliers. Évoluer avec grâce d'un bout à l'autre de la cour. Flirter avec les garçons.

Avec la fièvre de deux adolescentes émotives à l'extrême, sensibles jusqu'à la déraison, vous vous êtes juré de vous aimer toujours, d'être sœurs à jamais. Dans le morne ennui de Perdu-la-Forêt, dans ce collège maudit où tu ne voulais pas mettre les pieds, Sarah a remodelé l'univers. L'attente du matin devant la grille close est devenue joie de se retrouver, complicité... Exclusivité. Tu as d'autres amis, bien sûr, les filles de ta classe sont sympas, finalement, et les garçons peuvent être marrants. Mais, quand Sarah est là, plus rien d'autre n'existe. Elle capte la lumière, tu te sens rassurée auprès d'elle, protégée par son halo qui t'enveloppe.

Vous riez des mêmes blagues, vous flashez sur les mêmes mecs, vous aimez les mêmes livres, vous écoutez la même musique… C'est avec elle et sa grande sœur que tu es allée à ton premier concert. Sans parents pour vous chaperonner. À l'hippodrome de Vincennes, dans la foule gigantesque, tout devant, dans la fosse. Pour ne pas perdre une miette du show grandiose de la plus grande star que la Terre ait jamais portée – aucun doute là-dessus ! –, sentir, ensemble, le frisson descendre le long du dos, courir sur vos bras aux premières notes de *Zoo Station*… Éprouver à deux un bonheur pur, authentique, la sensation d'être pleinement en vie. Sarah te fait découvrir Queffélec et ses *Noces barbares*, Barjavel et la *Nuit des temps*. Vous discutez du *Meilleur des mondes* et de *1984* pendant des jours et des nuits, à la cantine, dans la cour, au téléphone (Lucille a passé au crible la facture de France Télécom, ce sera retenu sur ton argent de poche). Vous vous passionnez pour le destin de la famille Malaussène, vous êtes folles amoureuses de Solal et détestez Adrien Deume, vous critiquez la prof de français – vous l'adorez, aussi – et vous décidez qu'un jour vous deviendrez de grands écrivains.

Mais ce qui vous unit, surtout, Sarah et toi, ce qui signe votre appartenance l'une à l'autre depuis la première seconde, c'est cette manière unique dont vos fêlures se complètent. Cette étrange et émouvante façon qu'ont vos émotions d'entrer en résonance pour rétablir l'équilibre et produire, ensemble, un immense souffle de joie.

***

Impossible de te souvenir comment la dispute a commencé. Tu n'arrives plus à te concentrer tant la rage cogne de son rythme furieux contre la paroi de ton crâne. Est-ce parce que Lucille a voulu changer de musique dans la voiture alors que tu aimais bien la chanson qui passait ? Parce que, pour la centième, pour la millième fois, elle t'a reproché en larmoyant de ne pas « être gentille » avec elle ? Ou parce qu'elle n'a pas voulu que tu ailles dormir demain soir chez Sarah ? Au fond, ça n'a plus vraiment d'importance. Ce qui compte, ce que tu remarques, à treize ans à peine, c'est que, quoi qu'elle fasse, elle te met en colère. Dans une colère noire, irrépressible, qui t'envahit brutalement et jaillit de toi comme une lave incandescente qui fait fondre ta peau en même temps qu'elle brûle ton adversaire. Dans ces moments qui surviennent de plus en plus souvent – presque chaque jour –, tu n'as plus de mère. Seulement un ennemi à terrasser. Par une expression, une attitude que tu peines à identifier, elle fait de toi ce monstre, elle transforme tes mots en coups. Tu vises juste. Tu sais toujours où frapper. Tu es impitoyable. Car Lucille est faible, Lucille est une victime.

Sa détresse te hante, son chagrin te bouleverse. Tout en toi aspire à l'aimer, la soulager, la protéger. Mais tu ne peux pas te permettre la moindre faille. Alors la seule réponse que tu trouves à ton angoisse est une violence désespérée. Violence des paroles et des gestes. Violence de tes cris, des portes qui claquent, des objets qui se fracassent. Lucille se laisse blesser presque sans broncher.

Sa fragilité est ce qui te fait prendre les armes.

***

— Waouh, le canon ! s'exclame Claire par la porte entrouverte de son appartement. Tu es magnifique, Alice ! Je ne t'avais jamais vue habillée comme ça…

Vous vous êtes croisées sur le palier, alors que tu te préparais à sortir. Ce soir, c'est la nuit « jet-set », une soirée organisée par ta copine Victoire avec plein de gens du lycée pour la fin du bac de français. Depuis le début de l'année, c'est la première fois qu'une aussi grosse fête a lieu. Pour l'occasion, tu as mis une robe fourreau noire, plutôt décolletée. Apparemment, ça n'a pas échappé à ta jolie voisine qui a plutôt l'habitude de te voir en jean, tee-shirt et baskets. Tu t'impatientes devant l'ascenseur.

— Allez, Maman, on y va !

Lucille a accepté de t'accompagner en voiture pour que tu n'abîmes pas ta nouvelle robe. Elle aperçoit un paquet de cigarettes dans ton sac à main.

— Alice... c'est quoi ? Tu m'avais promis que tu n'avais essayé qu'une seule fois ! Ne me dis pas que tu t'es mise à fumer !

Tu ignores son commentaire, tu la bouscules pour entrer dans l'ascenseur tandis qu'elle referme en soupirant la porte de l'appartement.

*

Minuit. La fête bat son plein. Tout le monde a prévu de rester chez Victoire jusqu'au matin. Dans l'immense maison de son père, les chambres ont été transformées en dortoirs pour l'occasion. Celui qui a pris trop de tequila paf peut aller s'écrouler quelque part sur un matelas et ronfler gentiment jusqu'à la fin de la nuit. À travers la grande salle à manger débarrassée de tous ses meubles, les basses résonnent avec fracas. *Zombie.* Dans un état de semi-conscience, les paupières closes, tu danses. Pieds nus. Tu as abandonné depuis longtemps tes chaussures à talons quelque part, tu ne sais plus très bien où. Portée par la voix éraillée de la chanteuse, la gorge sèche d'avoir trop fumé, l'esprit embué par l'alcool, tu te balances au gré du rythme. Tu sens ton ancrage dans le sol, sous tes pieds qui martèlent le parquet ancien. Mais tu te sens légère aussi. D'une incroyable légèreté. Quand tu danses, tu es véritablement là. À la fois seule au monde et en communion avec les autres, qui se balancent, près de toi. Quand tu danses, tu oublies de penser. Il n'y a plus que ton souffle, ton corps qui trouve seul le chemin du mouvement.

***

Une fois, une seule, elle t'a donné une gifle. C'était un jour de vacances dans la Maison-des-Sables. Tu devais avoir six ans. Nadine était hors d'elle. Lorsque tu avais parlé de la gifle à Papa, il avait été vraiment furieux. Il s'était isolé avec sa femme dans la chambre, tu avais entendu qu'il criait, qu'il lui interdisait de porter la main sur toi, quoi qu'il arrive. Ensuite, il était retourné scier des planches, et Nadine, au bout d'un moment, était apparue dans l'embrasure de la porte.

— J'suis conne, j'devrais savoir qu'il faut pas laisser de trace.

À partir de ce jour, elle avait fait très attention à ce que Papa ne remarque rien. À ne jamais se faire prendre.

Dès que l'occasion se présente, dès que Papa a le dos tourné, Nadine en profite pour te glisser à l'oreille une méchanceté. Si tu es en train de faire un dessin, elle murmure, en passant derrière toi :

— C'est pour ta mère ? Il est trop moche, elle en voudra pas. Elle va le jeter à la poubelle.

Si tu es un peu dans la lune et que tu mets trop de temps à t'habiller pour sortir :

— Tu crois que j'ai pas compris ton petit manège, Alice ? Je vois bien que tu le fais exprès pour qu'on soit en retard.

Si tu es captivée par un dessin animé, elle t'imite en disant :

— Ferme la bouche, on dirait un poisson mort !

Si tu parles, « tais-toi, ça m'intéresse pas », si tu ne dis rien, « tu fais encore la gueule comme ton père ? », si tu dors, « arrête de ronfler », si tu pleures, « qu'est-ce qu'elle a encore à chouiner, celle-là ? ». Et, le jour où elle a compris que tu détestais les champignons, elle en a mis dans tous les plats.

Petites piques. Vexations. Humiliations. Nadine a un arsenal complet.

Même pas peur.

Tu sais te rendre sourde à la plupart des phrases assassines.

Même pas mal.

*

L'été suivant est le premier que vous passez loin de la Maison-des-Sables. Papa et Nadine ont loué une caravane pour quatre sur la côte Atlantique. La bonne nouvelle, c'est qu'ici, tu ne t'ennuies pas. Le camping est un espace bien délimité, un lieu sécurisé où tu as le droit de faire un peu ce que tu veux de tes journées. De la piscine au baby-foot en passant par les soirées karaoké du bar des Palmes, tu t'es fait une bande de potes. Ensemble, vous écumez les tentes et les mobil-homes. Chez l'un, chez l'autre. Jamais chez toi. La plage n'est pas loin, on y accède par un petit chemin de sable blanc qui serpente entre les pins. Si Luc t'accompagne, tu peux y aller sans adulte… Les jours filent, pas besoin de les compter. Ils sont pleins de soleil et de mer, pleins de rires et de petites disputes avec les copains.

La mauvaise nouvelle, par contre, c'est que, loin de la grange et de ses outils, Papa est obligé de passer du temps avec Nadine. Et qu'elle voit bien qu'il n'a rien à lui dire. Qu'il préférerait être ailleurs. Que son esprit torturé se tend jusqu'à se rompre vers une vie qu'il n'a plus. Alors Nadine est encore plus en colère contre toi que d'habitude. Et, comme elle doit te supporter pendant un mois complet, de semaine en semaine, la situation empire.

— Un jour, je vais t'étrangler parce que t'es qu'une salope.

Elle t'a soufflé ça dans les cheveux, un matin, au moment où tu montais dans la voiture.

Même pas mal ?

Si. Cette fois, la phrase s'est gravée. Elle t'a brûlée vive.

***

Comme toi, Sarah a un beau-père. Elle déteste cet homme avec lequel sa mère a refait sa vie. Abandonnée par son papa quand elle était petite (« Un jour, il a essayé de me tuer »), elle cherche toujours en lui son origine, ses racines. Elle se raccroche au nom qu'il lui a donné – Edelmann –, au peuple de nuit et de brouillard qu'elle imagine être le sien. Elle se sent appartenir à cette histoire collective à laquelle sa mère, elle, n'appartient pas. Sa mère qui a épousé un Allemand. Gunther. C'est l'un de vos sujets de conversation préférés. L'un des plus douloureux aussi. Les beaux-pères. Georges « l'Obsédé » et Gunther « le Nazi ».

« Je voudrais qu'il crève. »

Sarah a compris tout de suite qu'il y avait un problème. La première fois qu'elle est venue chez toi, elle l'a lu dans tes yeux, dans tes esquives, dans ton malaise, dans ta manière de foncer droit au fond du couloir et de refermer sur vous la porte de ta chambre.

Puis, un jour, tu t'es confiée à elle. À elle, et à elle seule. Sarah a accepté de porter sur ses épaules un peu de ton lourd secret. De ne jamais le révéler à personne. Maintenant que vous êtes deux, il t'oppresse un peu moins. Maintenant que vous êtes deux, tes démons se tiennent à distance. Sarah connaît ta rage et ta souffrance. Mais, de sa présence drôle et passionnée, elle sait aussi te faire rire aux éclats, t'entraîner vers la vie.

Elle est là pour toi comme tu es là pour elle. Tu vois à quel point son sourire éclatant cache des blessures secrètes. Tu sais lire dans son regard toute l'intensité qui tourbillonne en elle. Et la protéger des vents trop forts qui la font vaciller.

Sera-t-elle à tes côtés pour toujours ? L'an prochain, pour Sarah, c'est la seconde, le lycée des Saules. Une autre vie, un autre monde, loin du tien. Tu pourras sans doute la rejoindre l'année d'après, mais… Et si elle t'oubliait ? Et si ses nouveaux amis – plus beaux, plus sympas, plus intelligents que toi – te la volaient à jamais ? À cette idée, l'angoisse te mord férocement le cœur.

***

L'été, Nadine se promène nue. Toute la journée, elle exhibe ses fesses d'un blanc laiteux et ses gros seins dans le jardin de la Maison-des-Sables. Tu regardes dans la glace ton torse plat d'enfant de sept ans. Tu te demandes si, toi aussi, tu deviendras un jour cette femme ventrue, charnue. Si ton corps aura cet aspect gras et bosselé qui te dégoûte un peu. Luc a l'air assez gêné, lui aussi. Mais Nadine est chez elle, alors elle fait « bien ce qu'elle veut » et si elle a « envie de se balader à poil », elle se « balade à poil ». Outre la petite fille et le jeune homme qui essaient de détourner les yeux quand elle arrive, il n'y a que les vaches dans les champs voisins pour la regarder passer. Alors elle s'allonge dans l'herbe pour lire une revue, elle s'assoit à califourchon sur une chaise… Comme elle a compris qu'elle te mettait mal à l'aise, elle prend un malin plaisir à en rajouter.

*

L'autre soir, tu essayais de t'endormir dans ton alcôve, le volume de la télé était à fond, et Spooky n'arrêtait pas de grimper sur ton lit. À un moment, il s'est mis à s'agiter dans tous les sens et à haleter en se frottant contre ton mollet à travers les couvertures. Tu as bougé la jambe pour le repousser, plusieurs fois. Mais il revenait aussitôt t'embêter.

Du coin de l'œil, Nadine observait la scène, un sourire mauvais sur les lèvres. Puis, sans se lever, elle a lâché :

— T'as qu'à baisser ta culotte, ça ira plus vite !

Le cercueil a quitté le funérarium. Tous ont repris leurs voitures, direction la place de l'église. Tu aperçois déjà le clocher breton, qui a toujours dominé la Maison-de-pierre. La dernière demeure de Georges se tient juste en face de celle où vivent encore ses parents, sa sœur. Les cloches sonnent à la volée, appellent à l'enterrement. Elles qui, lorsque tu étais enfant, rythmaient sans faillir chaque heure des vacances d'été. Devant l'église, tout le monde s'est réuni. Lucille et ses parents se tiennent à tes côtés. Papy et Mamie ont souhaité venir : ils aimaient bien Georges. Surtout Mamie à qui il offrait souvent des fleurs, qu'il gratifiait toujours d'un mot aimable quand elle avait cuisiné son éternel gigot d'agneau, le dimanche midi. « Il a toujours été très gentil avec moi », répète Mamie quand on lui parle du second mari de sa fille. Et c'est la vérité. La famille, pour Georges, c'était sacré. Le respect des parents, des aînés.

Papy, si bavard d'ordinaire, ne dit pas grand-chose. Bien qu'il n'ait jamais trouvé de sujet de conversation avec Georges, il avait dû être soulagé de voir que Lucille, une divorcée avec une petite fille de cinq ans sur les bras, avait finalement trouvé assez vite à se recaser.

Tom Pouce écoute les instructions de sa tante qui a organisé la cérémonie. On a prévu qu'il porte le cercueil de son père jusqu'à l'autel. Il a aidé à choisir la musique, mais n'a pas voulu lire un texte ni jouer de morceau de guitare. Tom Pouce est timide, on le sait, personne n'a vraiment insisté. Les amis de Georges sont là, eux aussi. Même Pierre et Anne-Marie. Olivier n'est pas venu. Dommage. Tu aurais bien aimé voir à quoi ressemble aujourd'hui le garçon que tu as aimé. Comment son visage d'adolescent un peu rond est devenu, à vingt-quatre ans, celui d'un homme. S'il a une copine. Ou une femme et des enfants, déjà ?

Au moment d'entrer dans l'église, la trompette de Louis Armstrong retentit. Avec Lucille, vous vous dirigez vers le premier rang en suivant le cercueil qui progresse avec lenteur. Tom Pouce a cet air sérieux, impassible, que tu lui as toujours vu sur les photos. Les parents de Georges se tiennent debout devant le banc de bois. Ils te paraissent si frêles, voûtés sous le poids de la douleur. Effondrés que leur fils soit parti avant eux, brutalement, alors qu'il venait à peine de fêter son cinquante-deuxième anniversaire. Simone, la mère, a le visage creusé par le chagrin. Elle qui a toujours ressemblé, pour toi, à un oiseau de proie, cette petite femme dodue aux cheveux noirs et aux yeux perçants a l'air aujourd'hui d'un moineau aux ailes brisées. Finis les commérages de village et les remarques fielleuses à l'encontre de Lucille, finies les politesses hypocrites et les habiles manipulations pour préserver l'image de son clan, protéger Georges des mauvaises langues, excuser ses « petits débordements ». « Oh, Georges, il est comme son père, il lève facilement le coude, c'est un bon vivant, faut pas lui en vouloir. » « Georges, c'est un sanguin, c'est sûr, mais c'est un bon garçon. » Voilà. Aujourd'hui, Georges n'est rien d'autre que ce petit garçon que sa mère ne peut même plus pleurer tant elle a versé de larmes. Tu aimerais ne rien ressentir, ou bien retrouver l'essence de ta colère, mais c'est comme ça : tu es émue par cette femme, tu as de la peine qu'elle ait perdu son bébé. Tout comme tu as pitié du père.

Il a toujours été gentil avec toi, Raymond, même s'il restait discret, laissant à sa femme le soin d'entretenir les relations sociales du couple. Souvent, il rattrapait par un petit geste – une framboise cueillie pour toi dans le jardin, une pâtisserie rapportée du village voisin pour Lucille – les commentaires acerbes de Simone. Tu as gardé de l'affection pour cet homme. Alors même que tu sais, depuis longtemps, qu'il porte en lui une part de l'héritage transmis à Georges, un fragment d'explication à ce que, toi, tu connais de son fils. Raymond a fait l'Indochine, le Maroc, l'Algérie. D'ailleurs, c'est à Fès que Simone a donné naissance à Georges, en 1950. Simple soldat, peu éduqué, Raymond a vu des horreurs, là-bas. Au village, on murmure qu'il en a commis pas mal aussi. Surtout en Algérie. Que c'est pour ça qu'il s'est mis à boire. Pour faire taire, dans sa tête, les hurlements des fellahs sous la torture. Toi, tu n'as jamais vu Raymond ivre mort. Ni saoul ni violent. Mais Georges, si. Avant que son père devienne un vieillard brisé, inoffensif, il a été un homme impulsif et brutal. Un type râblé et costaud, taiseux, qui pouvait filer de « sacrées roustes » à son fils, lui balancer des « torgnoles à lui décrocher la mâchoire ». Distillant la violence dans ses veines de petit garçon comme un poison qui attendrait son heure.

Camping Flots bleus. Un mois d'août, pieds nus sur les chemins d'aiguilles et de sable fin, si blanc qu'il en est presque gris. Un été à se faufiler entre les tentes dans l'odeur des pins. Des copains, des plongeons dans la piscine, chewing-gums et Carambar contre quelques centimes à l'épicerie. Lambada sous les lampions et chant des cigales. Un mois d'août au goût de Sud, loin de la Maison-des-Sables. Nadine s'occupe comme elle peut dans le mobil-home, étale ses grosses cuisses sur un transat… Toi, ça t'est bien égal. Tu as dix ans, maintenant, tu as le droit de te promener où tu veux quand tu veux.

Ou presque.

Ce soir, Papa t'a cherchée partout, comme un fou. Il a frappé à toutes les portes, il a ouvert toutes les tentes pour te retrouver. De copain en copain, tu es passée de l'épicerie au bar, du bar à la plage… pour finir dans une tente que tu ne connaissais pas, à l'autre bout du camping. « Viens, Alice, mes cousins vont t'apprendre à jouer au tarot. » Tu ne t'es pas rendu compte de l'heure, tu t'amusais trop. Jusqu'à ce que le visage de Papa surgisse sous l'auvent. Il n'a pas dit un mot, il t'a prise par le bras. Sans serrer, mais tu as senti que rien ne pourrait le faire lâcher. À grandes enjambées, il t'a ramenée jusqu'à votre emplacement. Il t'a indiqué l'entrée du mobil-home d'un air glacial. Ses yeux encore pleins de terreur.

— Maintenant, tu vas te coucher.

Tu l'as regardé un instant.

— Tu ne me refais jamais un coup pareil, Alice, tu m'entends ?

Le lendemain, quand tu t'es installée dehors sur le banc de bois pour prendre ton petit déjeuner, Papa était parti faire un tour.

— Bah alors, petite conne, où est-ce que t'étais encore passée, hier ?

Silence. Ne rien dire.

— T'as réussi à coller une trouille pas possible à ton père.

Nadine rit en faisant tournoyer son café. Ne pas bouger.

— Tu te serais *faite* violer, moi, j'en ai rien à foutre. Mais ton père, il aurait fait la gueule. Et ça, ça m'aurait gâché mes vacances.

***

Je l'aime. Je l'aime. Je l'aime. Je l'aime. Je l'aime. Je l'aime. Je l'aime. Je l'aime. Je l'aime. Je l'aime. Je l'aime. Je l'aime.

L'obsession. Tu l'as repéré dès la rentrée. Dès le premier jour passé sur les bancs de la sixième. Un garçon brun aux yeux très bleus. Un des plus grands de la classe. Comme toi parmi les filles. Un sourire qui te fait fondre. D'épais sourcils noirs. Un grain de beauté sur la joue.

Tu ne penses plus qu'à lui. Selim. Une passion aussi grave, aussi intense, aussi dévastatrice que celle des romans Harlequin que tu as chipés dans la bibliothèque de grand-mère Simone l'été dernier. Tu n'es pas la seule. Sabrina aime Mehdi. Laurence attend que Paul la remarque… Au gré des cours de maths, de sciences nat, de latin ou d'allemand, la seule matière que vous étudiez, le seul sujet qui vous intéresse : les garçons. Un amour qui s'écrit sur des petits mots chiffonnés lancés entre les tables, qui s'étale en tags fluos dans les cahiers de texte. Et qui te fait pleurer souvent. Pas des larmes de crocodile, non, des sanglots, des vrais. Ceux qui font tressauter les épaules et serrent la gorge. Si Selim t'ignore, s'il se moque de toi ou de tes copines, s'il drague un peu Laurence, s'il ricane quand tu passes, s'il ne ricane *pas* quand tu passes, s'il est un peu distant, un peu moqueur… alors tu te sens mal, tu te sens seule, tu te sens nulle. Une tristesse qui t'oppresse et t'empêche de respirer. Des pensées tournoient dans ta tête et ne te laissent pas une seconde de paix. Tous les soirs, tu écris sans relâche dans ton journal tout ce que Selim a dit, fait, a peut-être pensé. Tu décris dans le détail les infimes variations que tu as ressenties, comme des particules d'émotion que tu es la seule à percevoir. Tu te révoltes contre ces sentiments trop intenses qui t'étreignent sans cesse. Cette sensibilité qui te submerge par vagues et contre laquelle tu ne peux rien. Tu en as tellement honte. Est-ce que Laurence et Sabrina pleurent tout le temps comme ça ? Pas sûr. Tu vois bien que les autres ne sont pas comme toi. L'autre fois, la sœur de Georges a dit :

— Arrête un peu, Alice ! C'est de la sensiblerie, ça. On n'y croit pas, à ton cinéma !

« SENSIBLERIE, n. f. Péjoratif. Sensibilité outrée ou affectée allant jusqu'au ridicule. »

Tu n'as pourtant pas l'impression de faire semblant. Tu essaies de comprendre pourquoi tu n'arrives pas à contrôler les émotions qui te saisissent sans prévenir.

Par moments, tu voudrais ne plus rien ressentir. Pourtant, cette soif que tu ne peux pas étancher est aussi ce qui te fait vivre, ce qui attire à toi la joie et la lumière. Sans elle, tu ne tiendrais pas. Sans elle, simplement, tu n'y arriverais pas.

***

— Avec tout le fric que je lui file, elle pourrait t'acheter des vêtements, ta mère !

Papa est énervé aujourd'hui. Il est tellement en colère qu'il a dit « ta mère ».

C'est bizarre, Papa ne parle jamais de Maman. JAMAIS.

Est-ce que c'est juste parce que la doublure de ton manteau est trouée qu'il réagit comme ça ? Il n'est pas si moche que ça, ce manteau, pourtant... Pas si vieux non plus mais « tu ne prends jamais soin de tes affaires », répète Maman.

Tu as dix ans et tu te demandes si ce qui vient de se passer a un rapport avec la « pension ». Tu as entendu Lucille en parler à Georges l'autre jour. « François est vraiment exaspérant ! Il a oublié de m'envoyer la pension. » C'est le seul lien qui unit encore Papa et Maman. La seule chose dont elle a encore besoin. La seule qu'il est forcé de lui donner à intervalles réguliers. Quand la date approche, Maman devient nerveuse. Elle a peur de ne pas avoir l'argent, elle « compte dessus ». Pourtant, Papa n'a pas l'air d'oublier très souvent. Il est juste un peu distrait, parfois…

Si ça met trop de temps, Maman te demande de lui faire passer le message.

— Tu diras à ton père qu'il me doit la pension.

Dans ce cas, tu as intérêt à revenir avec un chèque… Sinon, Maman se fâche. Pas contre toi, non, bien sûr. Mais contre Papa qui ne « comprend vraiment pas qu'un enfant, ça coûte cher, bien plus que ce qu'il donne chaque mois ! ». Il y a la nourriture, les habits, les fournitures scolaires. Les cours d'équitation, le piano, l'argent de poche. Sans oublier le dentiste et l'ophtalmo car « la MGEN ne rembourse pas tout, ah ça, non ! ». Alors tu es bien embêtée pour Maman… Tu sais que Georges paie le loyer, mais que, tout le reste, c'est elle. Maman s'occupe de toi, de Tom Pouce. Pour qu'on puisse partir en vacances, elle achète des yaourts premier prix et récupère des habits déjà portés, marqués « Cochond » partout, parce que Mme Cochond, la voisine, a des enfants qui ne rentrent plus dedans. Chaque chose, dans la maison, a un prix que Maman est capable de citer au centime près. Elle te fait honte quand elle dit :

— Ça, c'est le manteau que j'ai acheté à Alice l'autre jour. Il était à cent francs chez Prisunic pendant les soldes.

Et si tu perds ou si tu casses quelque chose – quelque chose qui coûte de l'argent –, Maman est dans tous ses états. Elle pleure, elle secoue la tête, elle roule des yeux, elle crie, elle devient toute rouge et gonflée.

— Mais c'est pas vrai, mais c'est pas vrai ! Mais c'est pas possible ! Ne me dis pas que tu as encore oublié ton sac de sport à l'école, Alice ! Jamais on ne le retrouvera, jamais ! Tu sais combien m'avaient coûté ces baskets, au moins ? Tu te rends compte de ce que tu as fait ?

Depuis le temps qu'elle réagit de cette façon, tu te laisses de moins en moins impressionner. Tu te sens toujours très mal à l'aise et coupable quand elle se comporte comme ça, mais tu sais bien que, contrairement aux apparences, son cœur ne va pas s'arrêter de battre. Qu'elle ne va pas tomber en syncope pour un manteau troué ou des chaussures perdues. Tu sens confusément que tout ça n'a pas vraiment de rapport avec toi ni avec le montant des affaires abîmées. Que c'est autre chose. Une forme de spirale qui la saisit et qui vient de plus loin, de plus profond, d'un endroit auquel tu ne peux pas accéder. Tu attends juste que la crise de nerfs passe. Que Maman, calmée, un peu sonnée par ses propres pleurs, finisse par te dire, sur le ton de la personne-qui-plaisante-mais-qui-n'en-pense-pas-moins :

— Alors, miss Catastrophe, tu as une autre mauvaise nouvelle à m'annoncer ?

Autant dire que ce n'est pas le moment de lui avouer que Papa ne t'a pas encore remis la pension alimentaire.

***

Cela fait plusieurs mois, maintenant, que tu vis – pour ainsi dire tout le temps – chez Aymeric. Avec sa sœur, son petit frère de cinq ans et ses parents. Dans la Maison-Douce. La première fois que tu as mis les pieds dans cet endroit, tu as été éblouie, renversée. C'était l'an dernier, en début d'hypokhâgne. Aymeric vous avait proposé, à toi et à d'autres élèves de la classe, de venir chez lui un week-end pour réviser le cours de philo. Une fois franchi le grand portail de bois, vous aviez découvert un immense jardin, planté d'arbres. Si grand que tu n'en voyais même pas le bout.

— La vache, Aymeric, c'est pas un jardin, c'est carrément un parc ! s'était exclamé Benjamin, enthousiaste.

Aymeric avait piqué un fard et baissé la tête, se réfugiant sous la mèche blonde qui lui barrait le front.

— Ouais, bon, faut pas exagérer, c'est pas non plus Versailles, avait-il répondu dans un léger bégaiement. Mais c'est vrai qu'on n'est pas à plaindre…

Et nous n'avions encore rien vu !

Trois étages et pas moins de treize grandes fenêtres perçant la façade. À l'intérieur, de vastes pièces. Goût et simplicité. Des matières brutes, chaleureuses, des tons clairs et tendres rehaussés par des tableaux aux couleurs éclatantes. Du rouge solaire. Du jaune lumineux.

— Que c'est beau !

— Oui, c'est un ami de mes parents qui les fait, il est passionné par les Bambaras.

Toi qui viens d'un monde plus modeste, classe moyenne, milieu de gauche, mère prof, socialiste et fière de l'être, père ingénieur, autodidacte complet, formé sur le tas, tu n'es en général pas très à l'aise dans ce genre d'ambiance. Déroulant instinctivement des schémas familiaux ancrés depuis plusieurs générations, tu as vite fait de cataloguer les

« bourges » comme des gens avec lesquels tu n'as rien à partager. Au mieux, des connards prétentieux. Au pire, des fachos.

Mais, dans cette maison, immédiatement, tu t'es sentie bien. À ta place. En harmonie. Sur les murs, sous l'escalier, dans les bibliothèques : des livres par centaines… Dans la cuisine, un alignement de casseroles en cuivre. Une cuisinière Godin. Quelques poteries alsaciennes en terre cuite. Les jouets du petit Julien qui traînent un peu partout sur les coussins moelleux des canapés… Au fil du temps, tandis que ton amour pour Aymeric s'installe et grandit dans ton cœur, celui que tu éprouves pour sa famille croît également. Car, tout de suite, ils t'ont adoptée. Sans chercher à savoir qui tu étais, d'où tu venais. Si tu leur ressemblais ou non. Sans intervenir, jamais, dans votre relation avec Aymeric. Même quand elle finira par se déliter et qu'ils assisteront, désolés, à votre séparation quelques années plus tard.

***

Tu as dix-sept ans et tu passes la nuit chez une copine. Elle s'appelle Marjorie. Sans être proche d'elle, tu la connais depuis l'enfance. Ses parents et les tiens étaient amis, à l'époque obscure où ces mots formant duo – *tes parents* –, cet assemblage improbable, avaient encore un sens. Vos mères sont toujours amies, et il t'arrive quelquefois de passer du temps avec Marjorie dans leur bel appartement des bords de Seine.

Après le dîner, toute la famille s'installe au creux des lourds canapés de cuir blanc qui trônent dans le salon. Soirée cinéma. Tu suis le mouvement, l'ambiance est plutôt détendue. Éric, le père de Marjorie, dénoue sa cravate, fait quelques plaisanteries, se sert un whisky *on the rocks*.

*

Tu es assise sur le canapé. Éric est près de toi. Les autres sont partis. Tu ne comprends pas à quel moment ils ont pu quitter la pièce sans que tu t'en aperçoives. Comment tu as pu te retrouver là, seule avec lui. Alors que tu savais. Depuis le début du dîner, tu savais. Tu devines les regards appuyés, tu vois dans la mollesse de la bouche une langueur incongrue, la main qui se fait caressante en saisissant un verre, en te servant de l'eau. Tu as des antennes. Tu connais ces hommes-là. En particulier ceux qui ont l'âge d'être ton père. Tu perçois les ondes qui émanent des corps et les électrons qui s'agitent quand ils te regardent. Alors pourquoi ? « Tu te fais des idées, Alice, c'est n'importe quoi, arrête », disait la voix dans ta tête. Mais ton corps, lui, savait.

Les grosses lèvres d'Éric s'écrasent sur les tiennes dans une haleine chargée d'alcool.

***

— Ça va, Alice ?

Tu as dix-huit ans et tu viens de faire brusquement un pas en arrière. Aymeric a approché sa main trop près de ta figure.

— Oui, oui, ça va, ne t'inquiète pas.

Il fronce les sourcils, l'air préoccupé. Il a bien vu que tu avais eu peur de lui, que tu avais cru qu'il allait te frapper au visage. Il ne comprend pas.

Tu aimerais pouvoir arrêter ces mouvements de recul avant qu'ils se produisent, mais c'est plus fort que toi. Ton corps réagit sans que ta volonté y soit pour quelque chose. Comme si tu avais senti le souffle de cette gifle imaginaire avant qu'elle t'atteigne. Et que tu reculais, non seulement face à l'autre, mais aussi à l'intérieur de toi. Comme si tes yeux s'enfonçaient dans leurs orbites pour te mettre hors de danger. Comme si, d'un coup, tu t'absentais de ta chair.

***

Sabrina se dirige vers la chaîne hi-fi de ses parents. L'air malicieux, elle place un CD dans le lecteur et tourne le bouton du volume. *Wind of Change.* Un slow ! Le moment le plus attendu et le plus redouté de cette boum de fin d'année organisée sur sa péniche. Les filles rient fort pour dissimuler leur gêne. Les garçons se dandinent d'un pied sur l'autre. Qui va inviter qui à danser ? Qui va se retrouver seul au bord de la piste, prenant un air dégagé pour cacher son trouble ? Tout se joue sur les premières notes, les lendemains de chacun se dessinent dans les chassés-croisés des danseurs. Cool ou pas. Looser ou winner. L'heure est grave.

À l'autre bout de la salle, Mehdi pousse Selim du coude, te désigne du doigt en ricanant. Depuis quelques jours, c'est officiel : vous sortez ensemble. Un rapide baiser à l'entrée de la gare a suffi à faire de lui ton « petit copain », à sceller cette relation que tu imagines depuis deux ans dans les moindres détails.

— Tu danses ?

Oui.

Au bout de quelques pas maladroits, Selim te prend par la main et t'entraîne à l'avant de la péniche. Il cherche un endroit plus tranquille. Trouve une petite salle de bains dont le toit vitré donne sur le pont. Tu sens ton cœur battre à cent à l'heure, tu as l'impression d'être dans un rêve.

Il va m'embrasser, c'est sûr. Comment ? Plus longtemps qu'à la gare ? On est vraiment ensemble, alors…

Vous fermez la porte derrière vous. Personne ne semble vous avoir suivis. Un premier baiser, puis un autre. Ce n'est pas aussi doux que tu l'avais imaginé. Tu trouves qu'il appuie un peu trop fort avec ses lèvres sur ta bouche. Tu peux sentir ses dents. Mais c'est Selim ! Celui qui a occupé tes pensées durant toute l'année de 5e. Et celle d'avant encore. Alors tu ne dis rien. Tu ne dis rien et tu le laisses faire. À peine un mouvement de surprise quand il passe les mains sous ton tee-shirt et dégrafe ton soutien-gorge en coton blanc. Quelque chose en toi s'est mis en veille. Tandis que ton visage reste impassible, tu observes avec curiosité la scène qui se déroule. Selim s'agite, il respire bruyamment, il a l'air pressé, énervé. Il malaxe tes seins à pleines mains comme de la pâte à modeler. C'est censé être agréable ? Du fond de ton absence, sans bouger, sans respirer, tu le regardes faire. Tu ne peux pas t'empêcher de le trouver un peu ridicule. Quand il baisse le front pour t'embrasser la poitrine, tu sens ton esprit se reconnecter brutalement à ton corps. Tu lui relèves la tête, tes deux mains sur ses tempes.

— Arrête, Selim, on doit pas faire ça.

Aussitôt, il rougit, essoufflé. Il recule d'un pas. Vous vous regardez un moment droit dans les yeux, avant de sortir de la salle de bains. Sans un mot, tu lui prends la main. Il ne retire pas la sienne. Il n'est pas fâché.

Plus tard, confidences chuchotées à tes amies. Rires embarrassés. « Waouh, c'est chaud ! » « Tu crois qu'il bandait ? » Elles sont un peu jalouses, cette soirée sur la péniche te classe définitivement parmi les plus délurées de la 5e A. « Respect », dit la sœur de Sabrina qui a deux ans de plus que toi mais n'est jamais allée aussi loin avec un garçon.

Au fond, elles n'aimeraient pas être à ta place.

Au fond, toi non plus.

***

Tu as sept ans. Tu es assise en tailleur sur le parquet doré de ta chambre. Devant toi, tu as étalé ta collection de Playmobil. Des chevaux marron. Des personnages auxquels il manque parfois la perruque. Des accessoires – flèches d'Indien, pistolets de cow-boy, chapeaux de pirates, poussettes et landaus.

Au loin, derrière la porte, tu entends Maman qui t'appelle :

— Alice, à table !

Tu ne réponds pas. Tu n'as pas envie d'y aller. Pas envie de déjeuner avec Lucille, son gros ventre et Georges. Ce que tu voudrais, c'est terminer d'installer la maison que tu as préparée pour les personnages de ton histoire. Les disposer bien en ordre. Chacun à sa place.

— Alice, je compte jusqu'à trois !

— Attends, Maman, j'ai presque fini !

— Ça suffit, Alice, ça va être froid !

Les pas de Maman dans le couloir se rapprochent. Tu te crispes, tu sens malgré toi une boule de colère monter dans ta gorge. La porte s'ouvre.

— Tu es vraiment pénible, Alice, ça fait au moins dix minutes qu'on t'attend. Ne m'oblige pas à te traîner jusqu'à la cuisine.

— Je te déteste, je te déteste, je te déteste !

Tu lances un Playmobil. De toutes tes forces. Un petit bonhomme aux jambes bleues et à la chevelure orange. Lucille porte la main à sa bouche. Le sang jaillit de sa lèvre fendue.

***

Tu as sept ans dans la Maison-des-Sables. Seule à la table ronde, tu prends ton petit déjeuner : une biscotte et du chocolat chaud. Tu n'aimes pas le goût du chocolat qu'on boit chez Nadine. Elle n'achète jamais de Nesquik comme le fait Maman. Jamais de lait non plus car ni elle, ni Luc n'en boivent. Elle se contente de faire chauffer de l'eau sur le poêle à charbon et verse au fond du bol une cuillère de cacao Van Houten. Tu portes la boisson à tes lèvres. Aïe, c'est chaud ! Et tellement amer ! Comme Nadine n'est pas dans la pièce, tu te permets de grimacer, de souffler sur le bol brûlant. Déjà, la voilà qui revient. Avec, à la main, une liasse de courrier. Distraitement, elle trie les prospectus, en jette quelques-uns. Puis soudain, elle se fige, une enveloppe entre les doigts. Elle la regarde intensément, comme si elle voulait la faire disparaître. Elle se plante devant toi, les larmes aux yeux.

— C'est ta salope de mère qui t'écrit.

Ses poings aux jointures blanchies se crispent sur le papier, froissent légèrement la lettre.

— Alors, Alice, qu'est-ce qu'elle raconte, à ton avis ?

Tu as déjà vécu cette scène. Tu sais que ce n'est pas une vraie question. Qu'il ne faut pas répondre.

Lentement, Nadine ouvre l'enveloppe, en sort une carte postale. Tu n'oses pas tendre le cou pour voir ce qu'elle représente. Nadine parcourt le texte, les coins de sa bouche sont tout tordus.

— Tu aimerais bien la lire, hein ?

Silence. Tu sais qu'il y a une chance sur deux seulement pour qu'elle te la donne. Ce ne sera pas le cas aujourd'hui. D'un geste sec, elle soulève le couvercle du poêle et jette l'enveloppe parmi les braises.

Même pas mal.

Tu penses à Maman qui t'aime. Qui a choisi avec soin une jolie carte pour te faire plaisir. Tu la sens si loin, pourtant tu peux presque imaginer son parfum dans l'odeur de papier brûlé qui emplit la pièce.

***

La porte de la Maison-Douce est toujours ouverte aux amis de passage. Ils vont et viennent, s'installent et repartent. Ils participent pour un temps aux grandes tablées dont les rires et les discussions enflammées résonnent sous les hauts plafonds de la salle à manger. Avant que d'autres les remplacent. Ceux qui ont besoin d'un toit pour quelques jours. Ceux qui viennent de l'étranger. Les amis des amis aussi. Et la famille, bien sûr. Les huit frères et sœurs du père d'Aymeric, tous merveilleux d'intelligence et de finesse.

— Et ça clope, et ça clope ! maugrée le père d'Aymeric quand il passe devant le bureau où vous alignez les cigarettes pour arriver à tenir bon, pour faire face au rythme de la prépa.

Nuit et jour, vous travaillez. Version latine, version allemande, dissert d'histoire ou de philo, colle de lettres... Les heures défilent, vous ingurgitez un maximum d'informations en essayant de garder les yeux ouverts le plus longtemps possible... C'est à cette époque que tu as compris à quel point tu ne partais pas avec les mêmes chances pour ce concours. Certes, Lucille lit *Le Monde*. Certes, elle a un abonnement au théâtre, voit les derniers films sortis – à condition que *Télérama* leur attribue trois « T » –, lit les romans qu'elle emprunte à la bibliothèque de quartier. Elle parle trois langues. Quand tu étais petite, elle t'a traînée dans tous les musées parisiens, dans toutes les expos. Elle t'a ouverte au monde et à ses trésors, elle a éveillé ta curiosité. Mais, quelle que soit la culpabilité que tu éprouves à cette pensée, cette culture chèrement gagnée sur une famille qui n'en avait que très peu, n'a littéralement rien à voir avec celle, profonde, à laquelle tu accèdes chez Aymeric et ses parents. Ici, pas de jugement à l'emporte-pièce. Pas de raisonnement calqué artificiellement sur la réalité à partir d'infos mal digérées entendues au journal. Ici, les discussions peuvent être âpres, mais les jugements sont toujours subtilement pesés. Ils naissent d'une réelle intimité avec les grands penseurs, avec les textes et les auteurs qui comptent. Ils plongent leurs racines dans des générations d'hommes et de femmes cultivés, lettrés ; et les enfants-boutons qui ont éclos dans la Maison-Douce ont puisé ce savoir à la source, sont irrigués d'une sève qui les nourrit de cette profondeur centenaire que tu n'auras jamais.

Avec Aymeric, tu découvres le luxe, le bon goût, l'aisance que donne la fortune. Le savoir, la connaissance, le talent. Mais surtout, le calme d'une maison sans cris et sans coups. Un foyer où on peut dormir en paix.

***

Tu as onze ans. Georges et Lucille ont loué un appartement à Palamós, sur la Costa

Brava. Il n'est pas tout à fait dix heures. Lucille se prépare à sortir avec Tom Pouce pour profiter de la mer tant que la chaleur de juillet est encore supportable. Dans l'air, la tension est palpable. Dès que Georges ouvre la bouche, tu as envie de lui sauter à la gorge, de lui arracher la figure.

— Alice, dégage tes affaires de là, s'il te plaît, dit-il en s'approchant de la table pour y poser un gros sac de plage.

Après avoir ostensiblement levé les yeux au ciel, tu décales ton cahier de deux centimètres en poussant un profond soupir.

— Tu te fous de ma gueule, là ? Tu vas me trouver, ma p'tite, si tu continues à me chercher comme ça !

— Georges, baisse d'un ton, crie Lucille de l'entrée où elle cherche la casquette de Tom Pouce. Et toi, Alice, fais ce qu'on te demande…

Tu continues à écrire sans lever la tête. Comme si tu n'avais rien entendu. Tu perçois un mouvement du côté de Georges. Il pose le sac par terre. Vite, il est temps de filer. D'un bond, tu esquives le coup qui allait partir et te rues dans la salle de bains. Mais Georges est rapide, lui aussi. Avec son pied, il bloque la porte que tu allais lui claquer au nez. Il lève le bras. Tu te retournes. Il écume, tout près de ton visage.

— Si tu me touches, je dis à Maman ce que tu as fait.

La phrase a fusé entre tes dents. À peine un sifflement. Mais Georges l'a entendue. Aussitôt, il abaisse son bras. Son visage se creuse, il devient très pâle. Un regard de chien battu sous ses paupières tombantes. Il est en train de se dégonfler comme une vieille balle crevée. Sous tes yeux, il s'affaisse, s'amenuise.

Tu le regardes fixement, comme si tu pouvais le transpercer rien qu'avec tes yeux devenus d'un noir liquide. Pas besoin d'ajouter quoi que ce soit : il recule d'un pas maladroit, se cogne au chambranle de la porte. Et ressort.

Dans le couloir, Lucille n'a rien vu, rien entendu. Comme d'habitude.

Un peu désarçonnée, tu restes quelques instants dans la salle de bains. Tu contemples, étonnée, ton reflet dans le miroir. En une fraction de seconde, tu as réussi à terrasser Georges. En une fraction de seconde, la peur a cédé la place à un mépris au goût amer. Dans un douloureux sentiment de triomphe, tu comprends que tu détiens une arme redoutable.

Quand Georges fera un truc vraiment grave, très grave, encore PLUS grave, je m'en servirai.

***

La Maison-des-Sables s'enfonce dans la chaleur étouffante du mois d'août. Tu es assise dans l'herbe sous un noisetier aux branches basses, à côté d'Yvette, la mère de Papa. Une petite femme bien en chair, une boule de cheveux blonds ondulant autour de ses joues pleines, une bouche très rouge et des yeux bleus… comme les tiens, mais perdus dans un nuage de crayon vert électrique. Cette année, elle a laissé son mari au village pour venir avec vous. À ses côtés, le temps te paraît moins long. Elle prend soin de son unique petite fille, te donne en cachette les bonbons et la monnaie qui traînent toujours au fond de ses poches et, surtout, tient Nadine à distance.

Voilà que, d'un coup, tu as quelqu'un à qui parler. Ou plutôt, quelqu'un à écouter car Mamivette – comme tu l'appelles – déverse à ton oreille, heure après heure, un flot de bavardages ininterrompu. Il faut dire que Papa ne lui adresse pas un mot de la journée. Il serre les dents, il l'ignore. On dirait qu'il la déteste. Alors que Mamivette a toujours un truc à raconter : elle joue à la console, elle écoute du rap, elle est la plus belle, la plus intelligente, la plus cultivée de son village (« oh ! et de loin, ma bichette, je t'assure ! Tous des ploucs... moi qui ai toujours vécu à Paris, je peux te le dire »). Elle voyage dans le monde entier et te rapporte des poupées de chaque pays, elle a escaladé le Machu Picchu, elle s'est baignée dans l'Amazone, elle a dormi parmi des mygales grosses comme le poing... Il paraît qu'en Inde, un Maharajah l'a demandée en mariage. Une autre fois, en Tunisie, c'est un vendeur de chameaux qui a proposé à Pépé Jean de l'échanger contre une bête ou deux. « Tu sais, ma cocotte, j'intéresse toujours beaucoup les hommes ! Personne ne pourrait croire que je suis déjà grand-mère... j'ai toujours fait moins que mon âge. » Elle a été résistante pendant la guerre, elle s'est pris un éclat d'obus dans la jambe. Pour un peu, elle aurait assassiné Hitler lui-même si on l'avait laissée faire.

À huit ans, les histoires de Mamivette te passent parfois au-dessus de la tête et tu te doutes bien qu'elles n'ont qu'un rapport lointain avec la réalité. Mais ça n'a aucune importance. Tu te laisses embarquer dans ses fables.

Et puis, c'est la seule à te parler de Maman. Comme ça. Au grand jour ! Alors qu'on est dans la maison de Nadine... « Je vais te dire, moi, ce que j'en pense, ma poulette. Ta mère, elle a eu bien raison de partir. Non mais franchement ! Une belle femme comme elle. Intellectuelle, et tout ! Avec un type comme François ? Non, ça pouvait pas coller, c'était couru d'avance ! Ne m'en veux pas pour ce que je vais dire, ma louloute, tu sais que je dis toujours ce que je pense, hein ? Mais ton père, il a jamais été capable de faire quoi que ce soit de ses dix doigts. C'est Lucille qui lui a dégotté son premier boulot, tu le savais ? C'est elle qui l'a poussé à se bouger les fesses après son BTS quand il bricolait des circuits électroniques dans sa chambre comme un ado… Une chance qu'il ait pu passer ingénieur ensuite, parce que s'il avait fallu compter sur les études… »

Au bout du chemin, tu vois Papa, une échelle coincée sous le bras, en train de tirer une brouette pleine de tuiles.

Quand elles prennent cette tournure, les histoires de Mamivette ne te plaisent plus du tout. Elles te donnent envie de te boucher les oreilles.

***

Tu as douze ans. Seule dans ta chambre, tu regardes avec curiosité ton poignet légèrement enflé. Tu as frappé doucement d'abord, puis plus fort. Avec la vieille règle en fer que tu as trouvée chez Mamie l'autre jour.

— Je peux la prendre pour le collège ?

— Mais bien sûr, ma chérie.

Quatre faces de métal à l'éclat glacé. Trente centimètres aux graduations légèrement usées. Tu soupèses l'instrument. C'est assez lourd. Froid dans ta paume. Tu donnes un nouveau coup à la base de la main, sur la peau déjà rougie. Pile à l'endroit où il y a une petite bosse. Tu grimaces un peu. Ça fait mal, mais pas encore assez. Avec quelle force faut-il frapper pour que l'os se brise ? Tu hésites. Il ne faudrait pas non plus que ça se voie. Et puis tu ne sais pas si tu es assez courageuse pour aller jusqu'au bout. Pour te faire *vraiment* mal.

Mais, à l'idée d'arrêter là, l'angoisse se met à nouveau à couler dans ton ventre, dans ta gorge. Le flot familier. Vite, tu prends une grande inspiration, tu fermes les yeux. Et tu tapes de toutes tes forces. La douleur fuse jusqu'à ton crâne, te coupe le souffle. Aucun craquement. Aucun bruit. La règle a laissé une marque nette sur ton poignet. Le flot a diminué. Le poing qui broyait ton cœur s'est desserré. Tu profites un instant du répit, tu bouges la main, tu convoques la douleur. Tu sais que, dans peu de temps, il faudra recommencer. Mais que tu n'as pas assez de cran pour la règle en fer. Tu attrapes dans ton tiroir la broche en forme d'edelweiss que Lucille t'a offerte. Tu passes doucement ton doigt sur la pointe effilée.

***

Tom Pouce est assis en face de toi. Petit bonhomme au visage pâle et grave. Il observe avec un air très concentré le liseré bleu de son assiette vide. Il ne bouge pas. Ce matin, comme tous les samedis, Georges est sorti vers dix heures en lançant à la cantonade : « Je vais faire mon loto. »

Est-ce qu'il prend vraiment la peine de cocher des numéros sur une grille ? Ou bien se contente-t-il de commander un pastis, puis deux, puis trois (plus ?) avant de regagner l'Appartement d'un pas mal assuré ? Lorsqu'il se pointe, à l'heure du déjeuner, l'air égrillard, Lucille fait semblant de ne pas remarquer son haleine anisée, ses yeux larmoyants. Il lui pince les fesses dans la cuisine, elle proteste, puis il s'installe à la table de la salle à manger. La télé, allumée depuis le matin, diffuse en boucle des matchs de tennis, de foot, des combats de boxe, des courses de voitures. Le moteur des Formule 1 est le bruit de fond du samedi.

Le plat tarde à venir. Lucille sort finalement de la cuisine, une marmite dans les bras. Blanquette de veau aux carottes.

— Allez, on applaudit Maman ! se met à beugler Georges avec un enthousiasme menaçant.

Il tape vigoureusement ses larges paumes l'une contre l'autre, faisant tressauter ses épaules massives.

Aussitôt, Tom Pouce bat des mains, le dos droit. Petit singe bien dressé.

Georges se tourne vers toi.

— Qu'est-ce t'as, Alice, t'es pas contente ? T'aimes pas la cuisine à ta mère ? Tu lui dis pas merci ?

Tu as quatorze ans. Tu tardes encore un peu à faire ton tour comme M. Loyal te le demande. Mais pas trop longtemps. Tu sais que la situation peut dégénérer d'une seconde à l'autre, alors toi aussi, tu applaudis mécaniquement.

— Bon... et maintenant, t... tout... tout le monde ferme sa gueule. Je r... regarde la télé.

Les couverts tintent contre les assiettes. Lucille passe la main dans les cheveux de Tom Pouce. Quand il lève la tête, tu croises son regard. Il n'a pas l'air terrorisé. Pas en colère non plus. Juste, il sait. Que son père n'est pas dans son état normal même si cet état est en train de devenir la norme. Que sa mère s'inquiète à l'idée qu'il ne finisse pas sa blanquette, mais qu'elle ne fera pas remarquer à Georges qu'il a trop bu. Il sait aussi qu'en se faisant tout petit, en se faisant minuscule, lui qui déjà ne mange rien, il échappera sûrement aux radars. Stratégie Tom Pouce : le profil bas. La voie de la sagesse et d'une relative sécurité.

C'est ce en quoi tu veux croire de toutes tes forces. Quand tu as trop mal, quand tu as trop peur, tu prêtes à ton merveilleux petit frère de sept ans une force intérieure et une sérénité de sage sur la montagne dont tu ne sais pas trop comment il aurait pu les acquérir dans cette famille. Mais qui sont censées le protéger des tempêtes. Le mettre dans un abri bien plus sûr que celui que toi tu peux lui offrir lorsque la nuit tu le portes jusqu'à ta chambre parce qu'elle est la plus éloignée de la source des hurlements.

***

« Point n'est besoin d'espérer pour entreprendre, ni de réussir pour persévérer. » La devise de la khâgne s'étale en capitales au-dessus du tableau. Tu ne sais plus qui l'a collée là, si elle était déjà au mur le jour de la rentrée. Tu te dis que ce pourrait être aussi la devise d'Aymeric. Deux ans à t'attendre. Toi, tu as peur de quitter un amour pour un autre, un port paisible pour des sables plus mouvants, mais ça ne t'empêche pas de le désirer très fort. Chaque jour, chaque heure, chaque minute de cours passée ensemble est un nouveau défi. Un stylo qui tombe. Frôlements. Douceur un peu sèche de son pouce qui glisse sur le tien. Frissons. Sous la table, tout proches, son genou et sa cuisse irradient d'une chaleur qui arrive jusqu'à toi. Vous vous touchez presque. La sonnerie retentit et, avec elle, le ballet de la sortie. Escalier. Il t'effleure en passant, respire l'odeur de tes cheveux, disparaît derrière une porte battante. Plus tard, regards qui se dévorent. Dessin de ses lèvres sensuelles quand il sourit. Silhouette un peu gauche au détour d'un couloir, montagnes russes dans ton ventre. Se tenir la main à l'abri des témoins. Une rose jaune offerte sur le chemin du lycée. Une longue lettre d'une seule phrase qui t'attend dans la boîte. La passion qui se décline, discrète mais tenace, en CD gravés, livres prêtés aux pages écornées, petits mots et symboles cabalistiques griffonnés sur les tables.

Vivre ensemble à Saint-Simon, travailler ensemble, respirer ensemble. Mais pas : *être* ensemble. Pour ne pas voir se dissoudre cette merveilleuse fusion que tu éprouves pour la première fois, c'est à un autre que tu donnes ton corps.

— Comment tu peux coucher avec lui ? Comment tu peux me faire ça et piétiner ce qu'il y a entre nous ?

Aymeric enrage et pleure, il se consume et se désespère. Il ne voit pas qu'à lui seul tu donnes ce qui t'est le plus précieux : ton vrai *toi*, ta joie-souffrance, ton être-mal-être-forte, ce qui te fait tenir debout. Avec lui, pas de masque. Tu le laisses s'approcher au plus près du brasier, tu acceptes d'être tendre même si ça peut t'entailler, tu lui montres la vérité crue. Et, quand le moment viendra, quand enfin tu l'accueilleras pleinement, tu sais que ce sera doux, que tu n'auras pas peur, que tu pourras t'incarner sans trembler.

***

Vendredi soir. Demain, week-end chez Papa. Le téléphone sonne. Tu perçois l'étonnement dans la voix de Lucille.

— Alice, c'est ton père.

Tu as treize ans. Tu prends le combiné, à l'entrée du salon. Georges et Lucille font mine de vaquer à leurs activités, mais tu sais qu'ils écoutent d'une oreille attentive. Un coup de fil de François dans cette maison ? Ça ne s'est jamais vu.

— Alice, c'est Papa.

— …

— Euh, tu sais que je devais venir te chercher demain, mais finalement ça ne va pas être possible.

— …

— Avec Nadine, ça se passe plutôt mal. Très mal, même. Bon, enfin, je ne vais pas entrer dans les détails, mais disons que tu ne la reverras jamais.

— Vous vous séparez ?

— Oui, en quelque sorte. Surtout, Alice, si elle essaie d'entrer en contact avec toi, tu me préviens tout de suite. Et si tu la croises un jour dans la rue, il vaut mieux que tu changes de trottoir. Elle est dangereuse, tu sais.

Sans blague !

— Il ne faut jamais que tu la revoies, Alice. Ni elle ni son fils. Allez, je te rappellerai quand la situation sera un peu plus stable. Quand j'aurai trouvé un appartement.

Et voilà. *Exit* Nadine.
Luc disparaît avec elle.

***

Sixième étage sans ascenseur. Cheminée, moulures. Une seule pièce. Rideaux et moquette d'une éclatante couleur framboise. Un lavabo, pas de salle de bains. Et des toilettes sur le palier. On y accède par un étroit escalier de service. Par la lucarne du palier, tu peux apercevoir en contrebas la vaste cour de l'immeuble, le dessin rectiligne des pavés. Un regard vers le ciel, le toit en zinc.

Assise sur le rebord de la fenêtre, tu tires lentement sur ta cigarette. Tu hésites à ressortir pour aller dîner à l'internat. Le lycée Saint-Simon n'est pas loin – cinq minutes à peine, une balade agréable dans la fraîcheur orangée des premières journées de septembre. Mais tu pourrais tout aussi bien rester ici, faire cuire des pâtes sur ta plaque électrique. D'un côté, les copains et la joyeuse agitation de la cantine. De l'autre, une soirée studieuse, le son étouffé du djembé à travers la cloison – « Vous verrez, mademoiselle, vos voisins sont des Africains, *mais* vous n'avez rien à craindre » –, le calme du soir qui tombe. Tu peux aussi proposer à Joséphine de passer. Vous reverrez ensemble le texte de français à étudier pour demain…

Tu as dix-sept ans, et cette chambre de bonne est ton paradis. Douze mètres carrés d'infinie liberté. De Perdu-la-Forêt, tu n'as pris que le strict minimum : tes livres, ton vieil ours en peluche (il faut ce qu'il faut pour réussir sa prépa !), le couvre-lit en patchwork que tu aimais bien, ta chaîne hi-fi… Mais tout le reste est neuf. C'est le cadeau de Lucille. Comme si elle avait enfin compris que ce n'était plus possible. Que ça ne pouvait plus durer. Plus un jour, plus une minute. Que plus jamais tu ne pourrais vivre sous ce toit. Elle t'a aidée à emménager avant l'été, vous avez fait les magasins ensemble et tu as pu tout choisir : futon, bureau, commode, paravent, tapis, bibliothèque, lampe de chevet, vase, bouilloire, assortiment de couverts, quelques assiettes, six jolis verres… Lucille a tout chargé dans le coffre de sa petite voiture, a patiemment monté les cartons dans les étages étroits. Lorsque, essoufflées, au soir du premier jour, vous avez enfin terminé de déballer le dernier bibelot, elle t'a dit :

— Ça me fait drôle, tout de même, de me dire que ma petite fille ne vivra plus à la maison.

Tu lui as dit que tu reviendrais le week-end. Tu lui as proposé un thé.

Et vous avez passé un bon moment.

***

Tu as peur. Tu les entends hurler de l'autre côté du mur. Tu te bouches les oreilles, tu ne veux pas savoir ce qu'ils se disent. Tu le sais déjà, de toute façon. La question, c'est plutôt : est-ce que tu DOIS faire quelque chose ? Est-ce que Tom Pouce entend ? Est-ce que ça va dégénérer ? Est-ce qu'il va menacer de la frapper ? L'autre jour, Lucille a dit qu'elle appellerait la police s'il s'approchait d'elle. Est-ce que TOI, tu dois appeler la police ?

Tu aimerais que Sarah soit là, qu'elle te tienne la main et qu'elle la serre très fort.

***

— Ça pousse, hein ?

En même temps qu'il dit ça, Georges fait mine de te peloter les seins. Tu recules, tu te détournes. Tu affiches le sourire crispé de celle qui a le bon goût de prendre ça pour une blague. Une petite taquinerie. De celles auxquelles se livrent les oncles un peu bourrés à la fin des mariages.

— Oh, Georges, arrête, tu vas la gêner, la petite ! disent parfois les gens – famille, amis – qui assistent à la scène en riant.

Tu as treize ans et, comme toujours, tu fais mine de ne pas remarquer la bouche obscène, le sourire gras. Jamais tu ne rougis. Ta honte à toi, elle est trop enfouie pour s'étaler sur tes joues. C'est une honte terrée, viscérale, une honte silencieuse qui mange tes entrailles.

Sur ton front pâle, à peine une ombre. Trop légère pour être perçue. Ce qui éclate violemment dans ta tête, sous les feux de ton implacable lucidité, est trop ténu pour être vu, ne parvient pas à franchir l'épais corset qui t'emprisonne.

Pourquoi ta colère, que tu sens si puissante, ne le fait-elle pas voler en éclats ?

***

Dans quelques mois, tu auras quatorze ans. L'année scolaire s'est achevée sans que tu aies eu de nouvelles d'Olivier. Pas depuis la fameuse soirée à Perdu-la-Forêt. Mais, alors que l'été touche à sa fin, tu apprends par un ami de Lucille que sa famille est sur la côte depuis une semaine. Cœur fendu, saignant. Il ne te l'a pas dit, il n'a pas cherché à te voir.

Le lendemain, tu rôdes le long de la corniche dans l'espoir de l'apercevoir. Et le voici. Silhouette bronzée qui se détache sur un fond de mer intensément bleue. Il tire sa planche à voile sur le sable. Carte postale.

Carte postale et vision d'horreur. À ses côtés, une autre silhouette, maillot deux pièces échancré, natte brune dans le dos.

La façon dont elle marche, la manière dont il se penche pour lui parler. Tu aimerais te raconter des histoires, museler ton intuition, l'étouffer, la balancer d'un violent coup de pied du haut des rochers. Mais tu ne peux pas. Tu sais que tu ne te trompes pas.

Olivier est avec quelqu'un d'autre.

Olivier est avec quelqu'un d'autre que toi, qui as tant besoin de lui. La douleur est insupportable. Le manque te creuse sauvagement le corps, ouvre à nouveau le vide en toi, t'éparpille. Comment vivre sans cette enveloppe, même imaginaire, qui t'aide à maintenir les morceaux en place ?

Alors, quand le lendemain tu l'aperçois, enfin seul, perché sur le dossier d'un banc, tu le rejoins sans hésiter. Tu te plantes devant lui.

— Salut !

— Salut, Alice.

— T'es à Trégastel depuis longtemps ?

— Quelques jours… Je repars samedi.

Pas de temps à perdre.

— Tu m'as beaucoup manqué depuis la dernière fois, tu sais.

Silence. Olivier fait passer et repasser entre ses doigts un petit porte-clés en forme d'ancre.

— Olivier… je voulais juste te dire que moi, j'aurais été prête à tout pour toi.

Tu insistes sur le *tout*. Tu espères qu'il comprendra. Tu sens le porte-clés s'enfoncer légèrement dans ta cuisse lorsqu'il t'enlace.

Il a compris.

Et puis, tu lui donnes ce qu'il attend. Pour qu'il te revienne, pour qu'il te drape encore un peu dans cette chaleur à laquelle tu as goûté et dont tu ne peux plus te passer.

L'occasion se présente le soir même : Lucille et Georges sont de sortie, tu dois garder Tom Pouce. Dès que ton petit frère dort, tu vas ouvrir la porte au fond du jardin, celle qui donne sur le potager. Olivier est là, le regard intense, le souffle court. Dans le parfum vert et entêtant des tomates, tu sens sa langue courir sur ton cou, s'enfoncer dans ta bouche.

Vous montez à l'étage sans un mot. Toi d'abord, lui ensuite. Il se colle à ton dos, à tes fesses tandis que tu franchis les dernières marches. Il a déjà enlevé son tee-shirt. Tu portes encore le tien. Celui avec un gros lapin bleu, qui te sert de pyjama parce qu'il t'arrive aux genoux.

Olivier s'assoit, le lit grince un peu, ça le fait rire. Tu lui demandes :

— Est-ce que tu m'aimes ?

Le reste n'a pas d'importance, pas de valeur.

Seul l'amour compte, n'importe quel amour, le sien ou celui d'un autre, mais juste assez pour avoir l'illusion que ton écorce tient en place.

— Bah oui, évidemment que je t'aime.

D'une main, il attrape la tienne et la glisse dans son caleçon. Déconnexion. Tu n'es plus là, mais ta peau communique malgré toi à ton cerveau un flot d'informations. Tu as l'impression de tenir entre tes doigts un serpent fin et long qui se tortille. Pas si impressionnant que ça, finalement. Un petit serpent inoffensif dans une main qui porte la trace d'une tout autre sensation.

La suite n'a pas d'importance, pas de valeur.

Tu as marchandé ta peau contre ces promesses qu'il te murmure à l'oreille tandis qu'il s'en repaît. Tu honores ton engagement. Tu effaces les limites de ton corps pour que des Selim, des Olivier puissent éprouver les leurs. Ils n'y sont pour rien, ce n'est pas leur histoire. C'est le prix à payer.

***

Tu as bientôt treize ans. Assise sur un pouf, dans un coin du salon, tu observes Georges qui monte le son. Tandis que la voix de Chubby Checker emplit la pièce, il esquisse quelques pas de twist chancelants.

— Allez, Chantal, te fais pas prier ! Viens danser avec moi. Je suis sûre que t'attends que ça.

La mère de Marjorie ne se lève pas. Elle fait comme si elle n'avait rien entendu et poursuit sa conversation avec Lucille. Éric fume une cigarette sur le balcon et fait tinter les glaçons dans son verre.

C'est la fin de l'été, et ce sont les premiers à vous rendre visite dans votre nouvel appartement. Lucille voulait montrer son intérieur fraîchement décoré à son amie Chantal, lui prouver que ce n'était pas si loin, finalement, qu'elles pourraient se voir souvent. Pendaison de crémaillère à Perdu-la-Forêt.

Pendaison tout court, ouais !

Sans entrain, tu as emmené Marjorie dans ta chambre, au bout du couloir.

— Hé, mais tu as ta propre salle de bains ? T'as vraiment trop de chance, Alice !

— Tu parles, c'est un cagibi, ce truc ! En plus, ils ont stocké tous les cartons dedans…

Vous avez discuté un peu, puis Marjorie a absolument tenu à retourner dans le salon. Elle ne supporte jamais longtemps d'être éloignée de sa mère, ça t'étonne à chaque fois.

— Allez, Chantal…

Georges insiste, la tire par le bras. La force à se lever sous les encouragements de Lucille et d'Éric.

Alors que Georges commence à se déhancher, attirant Chantal à lui d'une main ferme, il trébuche soudain sur un porte-revues près de la table basse.

— Putaaaaaaain… ! gueule-t-il en balançant un grand coup de pied dans l'objet en rotin qui a failli le faire tomber.

Chantal fait mine de se rasseoir aussitôt, mais Georges la saisit par la taille.

— Hola, ma belle, te sauve pas comme ça ! J'en ai pas fini avec toi.

Chantal sourit, fait le clown, se laisse entraîner dans la danse. De temps en temps, elle fait des grimaces comiques à l'intention de Lucille qui applaudit en rythme.

De ton observatoire, tu jettes un œil à Éric, qui ne dit rien. À Marjorie, près de toi, qui attend sagement que les parents aient fini de s'amuser pour qu'on puisse enfin passer à table.

Georges, les yeux mi-clos, fait tourner Chantal. Ses gestes sont brutaux, maladroits, mais il n'est pas assez saoul pour que sa partenaire puisse facilement se libérer de son étreinte.

Fascinée, tu scrutes le malaise qui se dessine sur les traits de Chantal, l'angoisse derrière ses yeux faussement rieurs, la gêne dans chacun de ses mouvements. Le dégoût au coin de ses lèvres. Cette femme de presque quarante ans, que tu as toujours connue sûre d'elle, impeccablement fringuée, drôle et spirituelle. Cette amie de ta mère.

Elle aussi flaire le prédateur. Elle aussi veut s'enfuir, faire cesser ce corps-à-corps qu'elle n'a pas choisi. Pourtant, elle aussi fait semblant et se tait.

***

Une Maison-des-Vacances parmi d'autres. Tu as quatorze ans et tu as décidé de rejoindre tes copains sur la plage après dîner.

— C'est hors de question, Alice, dit Lucille. Hier, on avait dit vingt-deux heures.

Tu es rentrée à minuit, tant pis pour toi. Aujourd'hui, tu ne sors pas.

Tu lâches brutalement tes couverts.

— J'm'en fous de ton avis ! Si j'ai envie de sortir, je sors.

Georges s'en mêle :

— Ta mère t'a dit non. Maintenant tu mouftes plus et tu termines ton assiette.

— Toi, Georges, je t'ai pas sonné !

Tu as dit ça en hurlant. Colère au bord des lèvres. En permanence. Colère au fond du ventre aussi.

La main de Georges fend l'air, atterrit sur ta figure. Brûlure sur la joue.

Tu repousses violemment la table, tu fonces dans le couloir. La porte d'entrée est grande ouverte, mais tu n'as pas le temps d'atteindre la sortie, Georges est déjà sur toi. Il t'attrape par l'épaule et appuie jusqu'à ce que tu t'affaisses par terre. Lucille est sur ses talons. Elle te tape vaguement, elle aussi, un peu au hasard, tandis que tu es au sol. C'est assez rare, tu as vraiment dû la rendre furax… Tu cries le plus fort que tu peux, tu essaies d'attraper des bouts de chair à mordre sur les mains qui tentent de te maîtriser. Des tibias à marteler de coups de pied furieux. Georges te prend par les cheveux, par les pieds, par les bras.

Même pas mal. Je suis forte. Je suis une lionne. Je suis invincible.

Il te soulève de terre et te jette par la porte. Tu roules dans l'allée, tu défonces les chaises de jardin.

Strike !

*

Lucille. Dehors. Devant toi. Elle te tend la main pour t'aider à te relever.

— Va te faire foutre !

Elle a l'air très las tout à coup. Elle jette un œil vers la maison. Georges a disparu à l'intérieur.

— Allez, Alice, OK, va faire un tour, ça te calmera.

Tu regardes tes jambes et tes bras un peu amochés par la chute.

Blessures de guerre.

Tu te lèves d'un bond. Tu cours sans te retourner.

***

« Aymeric et Alice vivent maritalement », fait remarquer le grand-père d'Aymeric. Est-ce un jugement ? Une manière de signifier qu'il y a, dans cette situation, quelque chose d'indécent pour un homme de sa génération ? Quoi qu'il en soit, c'est un fait : à dix-neuf ans, tu habites pour l'essentiel chez les parents d'Aymeric. Au dernier étage de l'immense demeure, dans sa chambre presque monacale, tes vêtements ont peu à peu pris place dans la grande armoire alsacienne. Vous avez votre salle de bains à l'étage, que vous partagez avec sa sœur Anna. Pour travailler, tu laisses le bureau à Aymeric et tu t'installes dans celui de son père dont tu aimes l'atmosphère feutrée et les bibliothèques chargées d'ouvrages. En semaine, le matin, il faut se lever tôt pour aller à Saint-Simon : le père d'Aymeric vous y conduit dès sept heures ; vous rentrez en bus, à la nuit tombée. Le samedi, il t'arrive de faire quelques courses « entre filles » (mère, grand-mère, sœur, tante, cousine, voisine…) quand le programme des révisions n'est pas trop chargé ; et le dimanche, souvent, vous vous retrouvez tous autour d'un brunch, dans le jardin lorsqu'il fait beau, autour d'un feu si c'est l'hiver.

Car il est rare, désormais, que tu rentres le week-end à Perdu-la-Forêt.

Les vacances aussi se passent en famille. Peu après Noël, la mère d'Aymeric te propose de partir avec eux quelques jours chez sa sœur, en Alsace. Sans surprise, tu retrouves à Strasbourg quelque chose de l'atmosphère si particulière de la Maison-Douce. Même chaleur des matières et des couleurs. Même sûreté de goût. Même bien-être. Mais dans une tonalité plus épicée. Comme une essence de cannelle qui flotterait dans l'air et qui est peut-être celle des *bredele* qu'avec passion vous concoctez pendant tout un après-midi. Dans la cuisine ancienne du grand appartement, tu farines, beurres et découpes avec délice des petites formes dans la pâte. Côte à côte, entre deux fous rires, Anna et toi fabriquez à la chaîne des dizaines et des dizaines d'étoiles au citron, de croissants aux pignons et de cœurs aux amandes que vous alignez soigneusement dans de belles boîtes métalliques.

De ces tableaux irréels, de ces images sur papier glacé, jamais tu ne te moques. Toi si critique, si impitoyable et tranchante que tes amis te surnomment « le Sniper », toi qui te veux solide et dure, tu prends tout, tu t'imprègnes, tu en redemandes. Du cliché. De la guimauve. Pour un peu, tu ajouterais des santons dans la crèche. Et, si tu sens parfois l'artifice, s'il t'arrive de percevoir des discordances, des fêlures dans la surface vernissée des poteries, tu sais qu'ici les bases sont suffisamment solides pour que rien ne s'effondre. Comme toute famille, celle d'Aymeric a ses fractures et ses mensonges. Mais tu t'y sens chez toi. Tu as baissé les armes.

***

Tu as quinze ans et tu ne dors plus. Pour la seconde fois de ta vie, tu as perdu le chemin du sommeil. Les pensées tournent et tournent dans ta tête. Incessant bruit de fond. Quand il fait jour, tu arrives à les tenir éloignées, tu appuies fort sur le couvercle qui les maintient sous la surface. Mais, quand vient la nuit, elles frémissent, elles s'agitent, elles s'intensifient. Jusqu'à exploser sous ton crâne. Jusqu'à t'étourdir de leur vacarme assourdissant. Elles vont et viennent et s'entrechoquent à toute allure. Toute tentative d'endormissement leur permet de hurler encore plus fort dans ta tête. Comme si le sommeil naissant, en engourdissant ta conscience, en desserrant l'étau de ta volonté, leur laissait libre cours.

Peaux tuméfiées, déchirées, corps scarifiés, griffés, percés. Les images qui t'assaillent meurtrissent les chairs, torturent, effractent et fragmentent. Tu voudrais dormir, mais c'est mourir que ton cerveau te propose sans cesse : pendant des heures, il te force à contempler ta propre mort, à dérouler tous les scénarios possibles. Quel angle absurde prendraient tes membres en heurtant le bitume après la chute ? Quelle est la température du sang chaud qui s'écoule des veines sectionnées ? Quelle sensation quand on se noie ? quand on se pend ? quand on se flingue ? Est-ce qu'on se sent mieux ? Est-ce que tout s'arrête ?

Au bout d'une semaine, tu es si fatiguée que tu as du mal à franchir les quelques mètres qui séparent ton immeuble du collège de Perdu-la-Forêt. Au bout de deux semaines, tu ne fais plus l'effort de te nourrir le matin. Au bout de trois, tu pleures tellement en classe que tu finis par t'endormir en plein cours. Brutalement. Sans prévenir.

Au bout d'un mois, tu n'as plus le courage de rien.

***

On est mercredi ! Pas besoin de s'habiller tôt, d'avaler en vitesse des tartines. Non, le mercredi, rien ne presse, on peut rester longtemps en pyjama, reprendre du Nesquik. Car Maman n'a pas école. Et toi non plus. L'année prochaine, tu seras en CP, la maîtresse de maternelle a dit qu'il y aurait peut-être des devoirs à la maison. Mais, pour l'instant, le mercredi est une fête. Un petit tour au parc. Un autre à la bibliothèque pour rendre la pile de livres et en prendre de nouveaux. Le pain chaud à la boulangerie. Croûte qui craque sous les dents. L'après-midi en tête à tête devant la baie vitrée. Aujourd'hui, *Perlin* a été livré dans la boîte aux lettres de la Maison-des-Vents. Depuis que tu as TON magazine, tu attends avec impatience qu'il arrive chaque mois pour lire les belles histoires, les blagues, les petites BD. Mais surtout pour faire les « bricolages » avec Maman. Des bonshommes au corps en bouchon de liège, un gros marron pour la tête et des pattes allumettes. Ou un bonhomme de neige tout carton et coton.

— Et le nez, Maman ?

— On n'a qu'à faire une carotte en pâte à modeler, Puce, qu'est-ce que tu en penses ?

Tu esquisses trois petits pas de danse et glisses en tournoyant au milieu du salon.

***

Tu as onze ans, et ce n'était vraiment pas le bon jour pour mettre un jogging blanc. Est-ce que les autres ont vu les taches quand tu essayais de grimper à la corde à nœuds ? Heureusement que le cours de sport était le dernier de la journée. Au début, tu n'as pas très bien compris ce qui t'arrivait. Ça faisait tellement mal ! Une douleur qui te cisaillait le ventre et te coupait les jambes.

De retour à la maison, Maman t'a donné ce qu'il fallait, elle était assez émue, c'était bizarre. Elle a aussi appelé ses copines pour leur en parler. Elle l'a même raconté à la voisine.

La honte ! J'peux pas le croire !

Tout le monde y est allé de son petit commentaire.

Même Georges :

— T'es une femme, maintenant.

***

Sarah est partie. Depuis la rentrée, tu traînes ton ennui dans la cour, dans les classes. Avec tes copines pâles copies. Tu fais semblant d'être là, de rire, de t'intéresser aux garçons. Mais sans Sarah, la vie au collège n'est plus assez dense pour te remplir, plus assez riche pour te nourrir. Sarah est partie. Plus rien dans la balance pour faire le poids. Tu attends fébrilement le week-end pour la voir. Tu passes tes journées à lui écrire des lettres sur des pages de cahier arrachées. Elle aussi t'écrit, dans les salles flambant neuves du lycée des

Saules qui vient d'ouvrir ses portes. Elle se fait quelques amis. Il y a un mec qui lui plaît bien. Vous vous appelez le soir pour en parler et rire. Rire tellement. Tu lui manques, elle te l'a dit. Avant la rentrée, vous vous êtes échangé des trésors – un tee-shirt, quelques photos d'enfance, un bijou –, talismans pour penser l'une à l'autre et tenir le coup entre chaque rencontre. Et ça fonctionne. Comment as-tu pu croire une seule seconde que la distance suffirait à casser un lien si fort ?

Tu as mal de ne plus la voir aussi souvent, mais Sarah est ta Maison, même quand elle est loin.

Il n'empêche qu'au collège le temps te semble effroyablement long. Octobre vient à peine de commencer. Que te reste-t-il alors ? Compter les jours, les semaines, les mois ? Enchaîner les heures de colle, les mots dans le carnet, les mauvaises notes, les conflits ? Depuis l'an dernier, c'est la prof de français, surtout, qui subit tes assauts. Pas un matin sans que tu te pointes avec au minimum un quart d'heure de retard, l'air désabusé, traînant tes Kickers vert pomme jusqu'à la porte. Derrière tes cheveux en bataille, tu observes son air exaspéré. Première distraction de la journée. Elle s'adresse à toi sans lever les yeux de son bureau.

— Alice, comme vous le savez, je ne vous accepterai pas en classe sans un mot de la Vie scolaire.

— Mais madame, c'est abusé ! J'ai à peine cinq minutes de retard !

— Revenez quand vous aurez ce mot. Munie d'excuses dignes de ce nom.

Avec un soupir suffisamment fort pour être entendu, tu tournes les talons.

Je la déteste, cette conne !

Tout au long de l'année de 4e, Mme Lechamet – le Chameau, comme tu l'appelles – a répété au conseil de classe à quel point il était « dommage qu'une élève comme Alice se comporte si mal ». Les annotations sur tes bulletins trimestriels témoignent du trouble de tes enseignants. « Les résultats d'Alice sont inférieurs à ses capacités. » « Attitude insolente à l'égard des professeurs. » « Quel gâchis ! Alice pourrait faire tellement mieux ! » « Le comportement d'Alice en classe est inacceptable. Malgré de bons résultats, le conseil ne lui accorde donc pas les Félicitations. » Dissonance. Des messages, inscrits à la main dans leurs petites cases, qui t'attirent régulièrement les foudres de Lucille. Comment peux-tu lui faire ça, alors qu'elle est du métier ? Est-ce que tu imagines un instant la honte qu'elle ressent lorsqu'elle doit affronter le regard de tes professeurs au cours des réunions de parents ? Que va-t-on penser d'elle ?

Bon. Ça suffit. Cette année, puisqu'il n'y a rien d'autre à faire, puisqu'il faut bien remplir l'espace laissé vacant, compenser l'appel d'air créé par la disparation de Sarah, tu décides de devenir première de la classe. Le Chameau n'a qu'à bien se tenir. Tu es sa pire élève, tu vas devenir sa réussite. Travailler pour ne plus ressentir. Canaliser ta colère entre les lignes bleues des copies. Et lire. Lire, lire, lire, lire pour emboîter tes émotions dans celles des autres. Pour vibrer d'une douleur qui ne soit pas la tienne.

***

Tu as seize ans et tu contemples dans tes mains la petite statue de bronze. C'est un cheval au galop. Un cheval noir, aux courbes lisses. Très doux. Le cadeau de Claire parce qu'elle s'en va. Son mari a été muté à Marseille. Avec leurs trois enfants, ils déménagent la semaine prochaine. Arthur, Édouard et Gauthier ne rempliront plus le hall de leurs cris de joie et de leurs disputes de petits garçons. « C'est embêtant, a compati Lucille, ces baby-sittings sur le même palier, c'était bien pratique. Ça te faisait un bon complément à ton argent de poche. »

Ta lèvre tremble un peu. Surtout ne pas pleurer avant d'être retournée dans ta chambre. Ne pas devoir s'expliquer, commenter, partager. Comment le pourrais-tu, de toute façon ? Est-ce que quelqu'un d'autre que toi sait que c'est auprès de Claire que tant de fois tu as repris ton souffle ? Si la porte qui fait face à la vôtre devient un mur, comment vas-tu réussir à t'échapper ?

De l'église au cimetière, quelques dizaines de mètres. La foule silencieuse suit le cercueil à petits pas. Lente procession, Tom Pouce en tête. Grand-mère Simone agrippée à son bras. Tu es restée un peu en arrière, avec cet air de circonstance qui ne te quitte pas. Tu arrives finalement toi aussi devant la fosse. La dernière demeure de Georges. L'instant est solennel. Le prêtre prononce quelques mots que tu n'écoutes pas, absorbée par la vision de la caisse qui descend en brinquebalant dans le trou. Tu as souhaité si fort la mort de cet homme. Si fort. Tu as attendu si longtemps le jour où, enfin, tu pourrais dire : « Je ne suis plus en danger. » « Je n'aurai plus jamais à revoir ce type. » Plus jamais à respirer l'odeur trop forte de son *after-shave* bon marché quand un Noël ou un anniversaire vous réunit et qu'il faut bien lui faire la bise. Faire bonne figure. Faire semblant d'être à l'aise, d'être joyeuse. Faire semblant d'être là. Répondre aux questions et en poser. « Ça va toujours, ton boulot ? Tu es bien dans ton nouvel appart ? Et Aymeric, il a enfin bouclé son mémoire ? » Faire croire à Tom Pouce que tout va bien. Que son père est un homme honnête et droit. Laisser à tous la possibilité de faire semblant d'y croire.

Et voilà que la terre l'engloutit. Chaque pelletée dissimule un peu plus le bois clair. Simone s'effondre, il faut la soutenir, la relever. Tom Pouce ne pleure pas. À quoi peut bien ressembler sa douleur ? En quoi est-elle comparable à la tienne ? Dans quoi puise-t-elle ses racines ? Qu'avez-vous partagé d'autre que le silence au sujet de ce père auquel il doit maintenant dire adieu ? Georges a fait de Tom Pouce un étranger pour toi. Un petit garçon à protéger, un frère abandonné – impardonnable trahison de la fuite –, et puis le fils de celui que tu as tant haï. Que tu hais toujours dans la mort. Pas un jour de ta vie sans que le passé se rappelle à toi, te transperce et te broie. Ce supplice se termine-t-il aujourd'hui ? Georges emporte-t-il dans la tombe le poids de votre histoire et de cet effroyable lien ?

C'est ce que tu as cru. Mais là, devant l'amas de terre qui recouvre désormais le cercueil, tu te sondes, tu t'auscultes. Tu sens que tu vacilles. Le poids est toujours là. La souffrance aussi.

Tu as quinze ans au lycée des Saules. Assise sur les marches du réfectoire, tu reprends pour la troisième fois le paragraphe que tu es en train de lire. *Voyage au bout de la nuit.* Impossible de te concentrer. Comme hier, Sarah est passée devant toi sans t'adresser le moindre signe. Sans te voir, en fait. Elle s'est engouffrée en riant dans la cantine avec des élèves de sa classe. Tu as vu sa fine silhouette – jean bleu, longs cheveux noirs tranchant sur le blanc éclatant de son tee-shirt – s'éloigner vers le self, prendre un plateau. Elle s'est servie, tu l'as suivie des yeux jusqu'à ce qu'elle s'asseye à la table d'Aurélien. Ils se sont souri. Ils n'ont même pas besoin de se parler.

Lorsque tu es arrivée au lycée, il y a quelques mois, tu as vite compris que rien ne serait jamais plus comme avant. Sarah avait l'air contente de te voir, elle t'a présentée comme sa meilleure amie, t'a expliqué tout ce qu'il fallait savoir sur le lycée. Parfois, le matin, vous prenez le bus ensemble. Vous vous voyez dans la cour. Au déjeuner, souvent. Le week-end. Vous passez du temps ensemble. Mais.

Mais il y a Aurélien. Grand, brun, torturé. Mystérieux. La mèche en bataille et le regard de braise. Le pas traînant et le sourire de travers. « Je suis le ténébreux, le veuf, l'inconsolé. »

Danger.

Sarah et Aurélien, ce n'est pas un flirt, un amour de lycée. Pas même un couple. Sarah et Aurélien, c'est une famille. Ils évoluent comme deux astres dans les couloirs, soudés l'un à l'autre, éclipsant le reste de l'univers. Tu ne peux pas te tenir à distance de Sarah. Sans elle, tu vas mourir de froid. Alors tu la cherches, tu la suis. Tu lui jettes des regards sans retour. Mais, dès que tu t'approches, sa lumière, amplifiée, nourrie par cet amour nouveau, te consume jusqu'à te réduire en cendres.

Les semaines passent et tu te figes, tu perds pied, tu étouffes. Chaque jour, tu meurs un peu plus de son inconsciente indifférence, de leur bonheur aveugle et éclatant, de voir Sarah emprunter cette route qui l'éloigne de toi. Ce que tu perçois quand tu les regardes, ce que tu ne peux pas *ne pas voir* même si ça te déchire, c'est la manière dont leurs fractures s'emboîtent parfaitement. La façon dont leur amour les répare et fait d'eux les pièces d'un même puzzle. Tu n'as pas besoin de connaître l'histoire d'Aurélien pour le savoir. Sarah est sa maison. Il est la sienne. Toute ta jalousie, toute ton amertume ne parviendront qu'à te faire souffrir un peu plus, sans les détourner l'un de l'autre.

Jusqu'à présent, tu as toujours terrassé ta propre souffrance en la pulvérisant sous la colère. En devenant cette lame acérée qui taillade le cœur de ceux qui te sont les plus proches comme elle s'enfonce dans le tien. Tu n'as que cette arme. Et tu la sais puissante. Mais, avec Sarah, tu ne peux même pas l'utiliser. Car tu n'es pas en colère contre elle. Tu veux qu'elle soit libre et heureuse. Si vous ne pouvez plus vous porter l'une l'autre, alors l'équilibre est rompu. *Toi* n'est plus qu'un poids. Inerte et trop lourd.

*

Conseil de classe du deuxième trimestre. Tes professeurs trouvent qu'en lettres, les Saules ne sont pas d'un assez bon niveau pour toi. Parfait. Tu sautes sur l'occasion. Ce sera Saint-Simon, un lycée plus prestigieux.

« En plus, ils ont une prépa », dit Lucille avec fierté. Tu t'intéresses, tu regardes le trajet, les options, tu visites l'endroit.

Tu t'en vas.

Tu fuis cette amitié dont les ruines ne peuvent plus être ton refuge.

***

Tu as treize ans et tu viens de faire la connaissance de ton père. Depuis la disparition de Nadine, le temps s'écoule différemment. Tout s'est sensiblement modifié. La menace des coups bas et des humiliations s'est envolée. Tu ne vis plus sous un regard chargé de haine. Papa ne s'enfuit plus pour bricoler dans une pièce des heures durant.

Mais il y a bien plus que cela. Quelque chose dans l'air s'est allégé, s'est détendu. Dans le nouvel appartement – vide et nu, presque sans aucun meuble –, tu ne te sens pas chez toi mais tu n'es plus aux aguets. C'est un lieu de passage, un lieu des possibles, comme le serait une salle d'attente un peu impersonnelle mais assez confortable pour qu'on ne souffre pas d'y rester un moment. Le temps qu'une nouvelle vie s'installe. Un espace nécessaire à la naissance d'une relation qui jusqu'alors ne se définissait qu'en négatif.

Est-ce que Papa a changé ? Est-ce qu'il a toujours été comme ça, sous la surface ? Tu découvres en lui une autre personne, qui t'était jusqu'alors inconnue, mais qui t'est pourtant bien moins étrangère que celle d'avant. Un père qui sourit et qui fait des blagues. Qui aime sortir, aller au théâtre, lire et disserter pendant des heures sur des sujets d'actualité. Qui t'emmène en week-end, qui te fait voir le monde. Qui adore les gadgets et te laisse utiliser le fer à souder pour fabriquer des objets bizarres... Qui t'aide en maths (qui te torture, plutôt, tu ne comprends jamais rien à ses explications), qui t'apprend à utiliser un ordinateur. Qui te permet, aussi, de regarder des films d'horreur que Maman t'aurait rigoureusement interdits !

Il fait grand jour dehors, mais c'est « après-midi cinéma », alors vous avez fermé les volets. Assis dans la pénombre à tes côtés, Papa guette tes réactions du coin de l'œil. Quand tu sursautes, quand tu te cramponnes au bras du canapé parce que Alien poursuit Ellen Ripley dans les couloirs sombres du *Nostromo*, il se moque gentiment de toi. « Ce n'est qu'un film, Alice, hein ? Juste des effets spéciaux. Ce genre de monstre n'existe pas dans la vraie vie, tu le sais... »

De Nadine, il ne sera plus jamais question. Ni de sa violence, ni de sa folie, ni des coutures-cicatrices qu'elle t'a laissées au cœur et que Papa, sans vraiment les voir, s'efforce aujourd'hui de panser.

***

— Alice, je dois y aller, c'est toi qui emmènes Tom Pouce à l'école ce matin.

— Quoi ? Nan, Maman, sérieusement, c'est pas possible, ça ! Je dois retrouver Sarah avant les cours, tu peux pas me faire un truc pareil !

— Y a pas le choix, Alice ! Tu le fais, et c'est tout. Tu peux bien rendre un service de temps en temps, non ?

— Oh, c'est bon ! Je fais que ça, moi, rendre service ! Je suis pas sa baby-sitter, à ce gosse ! Fallait y penser avant de le faire si t'étais pas capable de t'en occuper !

Heureusement que Georges est déjà parti au boulot, sinon je me prendrais une raclée !

Tu entends claquer la porte de l'appartement.

Furieuse, tu te rues dans l'entrée. Il n'y a plus que Tom Pouce qui attend sagement, chaussures aux pieds, cartable sur le dos. Les CP peuvent accéder à l'école à partir de huit heures vingt-cinq : si tu te presses un peu, tu pourras peut-être profiter de quelques minutes avec Sarah.

— Allez, Tom, on y va et t'es prié de te manier pour que je sois pas en retard.

Tu attrapes tes clés, ouvres la porte et le pousses brutalement dans l'ascenseur. La colère ne te quitte pas. Dans ta tête, tu te repasses la scène avec Lucille. Tu imagines tout ce que tu aurais pu lui dire si elle ne s'était pas sauvée comme une lâche.

Je la déteste, je la déteste !

Dehors, tu presses le pas, tu tires Tom Pouce par le bras. Du haut de ses six ans, il n'arrive pas à suivre tes grandes enjambées. Il trébuche.

— Putain, Tom, tu fais chier ! Tu fais vraiment chier !

Tu le relèves sans ménagement, tu l'attrapes par le cartable et tu le tires de toutes tes forces. Ses petites pattes tricotent, touchent à peine le sol. Il chouine.

— Mais arrête, Alice, tu me fais mal !

Submergée, vaincue par la rage, tu continues à avancer, à le traîner. Les larmes ruissellent sur ton visage cramoisi.

Je la déteste, je la déteste !

Tom Pouce commence à pleurer, mais tu ne l'entends pas. Tu es emmurée, ligotée dans une fureur contre laquelle tu ne peux rien. Tu te débats en vain. Impossible d'arrêter le mouvement. Devant la grille de l'école, Tom Pouce, muet, te fait un signe de la main et disparaît parmi ses camarades.

Au lieu de rejoindre Sarah, tu t'écroules sur un banc, épuisée et en nage. Terriblement malheureuse. Pourquoi as-tu fait ça ? Tom n'y était pour rien. Tu te sens si mal. Tu l'aimes, il est petit, il est doux et gentil.

Mais, pour un peu, tu aurais pu le tuer.

***

« Excellent trimestre, comme toujours. » « Avec une moyenne de 17,6, Alice caracole en tête de la classe. » « Le bac ne devrait lui poser aucune difficulté, hormis peut-être en mathématiques. » « Mention Bien » (*ah ! les maths !*). Puis finalement : « Alice est admise en classe préparatoire. »

Le jour de la rentrée en « lettres supérieures », tu es arrivée confiante. Une classe de plus de cinquante élèves, tous sélectionnés sur dossier parmi les meilleurs lycées de France. Pour toi, pas de grand changement : Saint-Simon est ton lycée depuis deux ans, depuis que tu as quitté les Saules. Tu connais les locaux, le proviseur, la qualité médiocre de la cantine, l'humour pourri des surveillants. Les profs, par contre, ne sont pas les mêmes. « On ne mélange pas les torchons et les serviettes. » Les enseignants d'hypokhâgne ont un rang à tenir ! Ils ne se reposent pas dans la même salle, n'enseignent pas au même étage que leurs « collègues » du secondaire. C'est donc un petit bonhomme chauve et ventru que tu n'as jamais vu qui vous accueille en ce premier jour de septembre. M. Touillau. Le professeur de lettres (on ne dit plus « français »). Il sort un mouchoir à carreaux de sa poche, essuie son front dégoulinant avant de scruter ses nouveaux élèves d'un regard perçant.

— Bien. Autant être clair tout de suite. Vous êtes cinquante-trois. Avant les vacances de la Toussaint, vous ne serez plus que trente-cinq.

Silence dans la salle.

— Vous devez comprendre que nous ne sommes pas là pour donner des perles aux pourceaux. Certains parmi vous ne sont pas à leur place et ne vont pas tarder à s'en rendre compte.

Bruit de chaises contre le plancher. Regards étonnés. Un stylo tombe.

— Si vous aimez lire parce que vous appréciez les belles histoires, si les livres sont uniquement là pour vous divertir, alors vous pouvez dès maintenant ranger vos affaires et sortir de cette classe.

Laissant ses élèves à leur stupéfaction, M. Touillau fait passer une pile de feuilles à distribuer.

— Voici un texte, sans titre ni auteur. Si vous n'êtes pas capable d'indiquer au moins à quelle époque il appartient (je parle de la décennie, bien sûr, pas du siècle), alors vous n'avez rien à faire ici. Vous avez cinq minutes.

Les mots du poème dansent devant tes yeux. Au bout du temps imparti, tu n'as rien écrit. Ta voisine non plus. Vous vous regardez d'un air complice… Mais, à ta grande surprise, tu constates que d'autres élèves – plusieurs, même – ont non seulement indiqué la date précise, mais aussi l'auteur et le titre. Victor Hugo, « Guitare », *Les Rayons et les Ombres*, 1840. Le ton est donné. Tu ne lâcheras rien, tu dois te battre. Parce que tu n'as pas le choix. Parce qu'il te la faut, ta *place.* Tu comprends que tu vas devoir jouer à un jeu dont tu croyais maîtriser les règles alors qu'il n'en est rien. D'autres n'ont même pas eu besoin de les apprendre. D'autres y jouent depuis l'enfance. Le temps de Mme Lechamet et de ceux – bienveillants professeurs – qui lui ont succédé est définitivement révolu. L'école n'est plus le lieu de la confiance et de la sécurité.

***

Encore un garçon. Puis un autre. Tu aimerais rester là, avec eux, profiter de la douceur de leurs peaux, savourer leurs baisers. Mais, passée l'excitation de la conquête, la concrétisation du désir est toujours décevante. S'ils s'approchent trop près, tu disparais sans qu'ils s'en aperçoivent. Tu t'absentes, tu te quittes. *Le Manitoba ne répond plus.* Tu aimerais apprécier leurs tentatives maladroites pour serrer ton corps dans leurs bras. Un corps de femme en devenir malgré tes treize ans. Un corps de femme presque advenu. Ton dos reste étroit, tes jambes sont fines, mais ta taille s'est marquée. Hanches larges, seins volumineux. Les marchands de soutiens-gorge ont inventé des lettres pour ça. Du A rougissant de tes amies à ton C bien rempli, un intervalle d'alphabet qui définit à lui seul le rapport que garçons et filles de ton âge entretiennent. Tu n'as jamais compris que ça les intéresse autant. Est-ce parce que c'est rare et précieux ? Parce que pouvoir peloter une fille est pour eux un rite de passage ? Mieux, la tenir nue dans leurs bras… l'accès à une sorte de Graal qui ferait d'eux des hommes ?

Mais quel rapport avec toi, qui n'es ni rare ni précieuse ? Toi, qui te sens vide. En libre-service.

***

— Allez, papa, encore l'avion !

Georges soulève Tom Pouce, le fait sauter dans ses bras puissants, le lance et le rattrape. Les yeux pleins de rire et de bonheur. Tu les observes en silence. Tu esquisses un sourire en voyant ton frère battre des mains, exulter alors que son père le repose au sol. Puis, pour échapper à Georges qui grogne, qui fait le monstre, Tom se précipite vers toi en courant, hilare. Tu le réceptionnes en faisant mine de le cacher derrière toi. Il reste immobile et glousse en s'accrochant à tes jambes.

— Ha, ha ! dit Georges. Alors comme ça, vous vous êtes ligués contre moi, tous les deux ?

Tom Pouce éclate de rire tandis que Georges se jette sur vous.

— Arrête de protéger ce petit garnement, Alice, il est à moi !

Clic Clac ! Photo ! Dimanche matin. Tout le monde sourit. Petite famille parfaite.

Georges joue. Il chahute avec ses enfants. Il est sincère. Qu'est-ce qu'il va faire maintenant ? Faire semblant de vous dévorer ? Vous courir après jusqu'à ta chambre ?

Te faire tomber à terre pour attraper Tom Pouce ?

Te chatouiller de ses grandes mains ?

Est-ce que tu vas sentir son haleine contre ton visage ?

Tes traits se composent une figure, se modèlent pour se fondre dans le moule attendu. Tu sais que personne ne décèle jamais le froissé sous le lisse, le figé, le sans-souffle, sous l'apparente mobilité de la joie. Fêlures sous-jacentes qui creusent un sillon toujours plus profond vers l'intérieur et qui te poussent, instinctivement, à mettre au plus vite un terme à la scène. Tu ne connais pas cette fille qui tout à l'heure riait et dont tu envies la joyeuse insouciance. Mais tu sais qu'elle ne peut pas se permettre de se laisser toucher.

***

— Aude, tu es prête ?

Tu as crié ça du fond de ta chambre, en direction du couloir. D'un bond, Aude apparaît dans l'encadrement de la porte.

— Carrément !

Gros manteau de laine, écharpe verte et cheveux fins noués à la hâte sous un bonnet péruvien… Aude, les joues rosies par le froid qui règne sous les combles, affiche un sourire jusqu'aux oreilles. Tu la connais depuis le lycée, mais, en ce début de khâgne, elle a rejoint le club des heureuses locataires de chambres de bonne. Mieux encore, elle occupe celle qui est juste à côté de la tienne !

Tu la savais déjà drôle et sympa. Intelligente et pleine d'enthousiasme. Fragile aussi, habitée par un secret au moins aussi fort que le tien. Quelque chose qu'il t'est désormais possible de lire facilement chez tes semblables. Dans une certaine brisure de leur regard, une légère buée, une manière de rire aux larmes comme si leur vie en dépendait.

Vous vous connaissiez déjà, mais devenir voisines avait un tout autre potentiel… Dès le premier jour, vous aviez senti l'incroyable réservoir de folie, de joie et de liberté que recélait cette situation nouvelle.

Ce soir comme tant d'autres depuis la rentrée, vous vous êtes habillées chaudement pour sortir. La Toussaint approche et, avec elle, le premier concours blanc. Après trois heures de travail acharné pour essayer de maîtriser à peu près l'histoire de « la Russie et l'URSS de

1917 à 1980 », c'est l'heure de la pause. Votre plus grand plaisir : marcher dans la nuit. Bras dessus, bras dessous, arpenter les rues désertes et sombres en chantant à tue-tête. Sur la grande place, prendre le vent de face et fermer les yeux. Vous êtes deux gamines joyeuses et délurées. Deux toutes petites filles de dix-huit ans qui rient sous cape et sautent dans les flaques. Amies marquées au fer mais qui cultivent la vie sans trop savoir comment. Et qui se sont trouvées.

— Je sens que cette année va être extraordinaire ! jubile Aude en plantant ses yeux brillants dans les tiens.

***

Quand tu as rencontré Aymeric, tu sortais avec un type chouette. Cinq ans de plus que toi. Drôle. Excellent danseur. Accro au sport. L'archétype du mec sympa. Celui qu'on a toujours envie d'inviter à une fête parce qu'il met de l'ambiance. Vos nuits étaient agréables, votre relation légère et facile sans être superficielle. Tu la croyais stable.

Mais, dans les yeux bleus d'Aymeric, derrière les carreaux de ses grosses lunettes qui ne parvenaient pas à masquer la douceur et la beauté de son visage, il y avait tout un monde à découvrir. Sous son regard, sous ses mains, ton corps se réveillait, il prenait forme. Soudain, tu te sentais vivante, aimée, désirée. Attendue, accueillie, en dépit de la souffrance que tu lui infligeais en ne quittant pas immédiatement ton gentil sportif. Toi qui étais en miettes, Aymeric t'acceptait avec tous tes morceaux, les tenait au creux de ses mains comme s'ils avaient été des diamants bruts. Souvent, le matin, quand tu ouvrais les yeux à ses côtés, dans l'immense lit de sa chambre perchée, tu le trouvais éveillé, te regardant dormir. D'un doigt, il traçait les contours de ton visage, dessinait ton épaule, ta hanche, comme s'il s'émerveillait que tu sois là. L'amour d'Aymeric était un cadeau. Celui de sa famille en était un plus grand encore.

— Tu seras toujours la bienvenue chez nous, Alice. On est tellement tristes, tu sais…

Tu as vingt-deux ans et tu viens de perdre à la fois l'homme que tu aimais et ta seconde famille. Car les morceaux étaient finalement trop épars pour Aymeric. Impossibles à recoller. Il a essayé, longtemps, pendant des années. Mais ils étaient si tranchants qu'ils ont fini par lui lacérer les paumes. Au bout du compte, Aymeric avait autre chose à faire, autre chose à vivre. Alors il t'a quittée. Et, avec lui, c'est toute la Maison-Douce qui s'en est allée.

***

Avec un plaisir non dissimulé, le prof rend les copies par ordre décroissant. Tu attends ton tour. Même si tu as vu danser les lignes de tes cahiers tant tu as prolongé l'effort tard dans la nuit, tu sais l'insuffisance du travail face au don. Les noms des élèves défilent, ça fait bien longtemps qu'on est passé en dessous de 10. Tu écopes finalement d'un passable 5 sur 20. La moyenne de la classe est à 6.

Tu apprends des méthodes, tu mémorises des centaines de pages. Après être passée par Saint-Simon, tu pourras disserter sans peine sur n'importe quel sujet. Faire illusion auprès du plus grand nombre. C'est le lot de consolation de la prépa pour les médiocres : tu ne vaux rien, mais rassure-toi ! c'est déjà bien plus que le commun des mortels. Un subtil mélange d'hypertrophie de l'ego et de lente destruction de l'estime de soi. Tu te sens profondément insipide et inculte. Quels que soient tes efforts, tu sais que ce monde ne sera jamais tout à fait le tien.

Mais tu es loin d'être la seule dans ce cas et, au fil des mois, un maillage serré se tisse entre des élèves qui ont bien plus que des notes en commun. Tu as dix-neuf ans et les liens que tu noues au cours de ces années d'épreuve ont la douceur des fils de soie et la solidité des amarres.

*

Café Saint-Simon. Trois heures de l'après-midi. Rien de plus jouissif que de sécher la géo pour aller faire la sieste au soleil, vautrées sur les canapés fatigués du bistrot qui défie le lycée et ses profs sur le trottoir d'en face. Aude et Manon s'engueulent gentiment : faut-il rallier Lutte ouvrière pour combattre cette bourgeoisie égoïste et repue dont, pourtant, elles sont toutes les deux issues ? Ou choisir au contraire de rester dans son milieu pour mieux le faire évoluer de l'intérieur, s'y replier pour mieux le prendre en traître ?

Tu les trouves belles et passionnées, vivantes, exaltées.

Manon et sa tignasse blonde, si épaisse et bouclée qu'on la dirait auréolée d'une couronne végétale dorée. Elle pose sur le monde son regard d'apprentie ethnologue. Elle analyse, elle décortique, elle discute, s'indigne et s'emballe. Elle réfléchit sans cesse, à toute vitesse, préférant la subtile complexité des nuances à la simplicité monochrome d'un avis tranché. Avec Manon, rien n'est simple, sauf son affection qu'elle donne sans compter. Fluide, joyeuse, naturelle, votre amitié a ce caractère d'évidence absolue que jamais tu ne questionnes. Elle est là, tu es là, c'est comme ça et c'est bien.

De l'autre côté de la table, Joséphine écrase une cigarette en soupirant. 13 sur 20 à sa version latine, alors qu'elle visait 16, au minimum. Dans un haussement d'épaules un peu dédaigneux, elle commente, pour Victoire :

— Deux faux-sens sur la fin… Même pas eu le temps de vérifier dans le Gaffiot.

— Allez, Jo, ne t'en fais pas, ça arrive de se planter ! Tu es la meilleure de nous toutes en latin, tu le sais bien…

Victoire attrape par l'épaule Joséphine qui se laisse faire, un peu raide et déconcertée face à ce geste tendre, mais déjà moins contrariée par sa note. Victoire – « Petite Maman » pour les intimes – a un don pour réparer les autres. Derrière sa frange, son regard de chat déborde de bienveillance. De son énorme sac en toile rayée, elle sort deux livres qu'elle a apportés : *Ondine* pour toi et *Le Ravissement de Lol V. Stein* pour Jo.

— J'espère que vous aimerez, les filles, moi j'ai adoré !

Jo saisit le petit livre de poche et le feuillette avec intérêt. Ses ongles rouge sombre, soigneusement vernis, se détachent sur la couverture blanche. Brillante, cultivée et sapée comme une gravure de mode, Joséphine a une classe folle. Du haut de son mètre quatre-vingts, elle semble toiser de son humour caustique et de ses longs cils ceux qui ont le mauvais goût de l'approcher. Toutes, autour de la table, vous savez que cette distance apparente, cette barrière faite de barrettes nacrées, de lunettes écailles, de chemisiers bien repassés et de jeans impeccables ne sont là que pour masquer une certaine timidité, une sensibilité à fleur de peau et une grande fragilité. Tu contemples son beau visage encadré de longs cheveux blonds et tu sens une bouffée de tendresse t'envahir.

***

— Alice, si ça t'intéresse, j'ai fait développer les photos de cet été.

Lucille jette sur la table de la cuisine une pochette noire, illustrée d'un coucher de soleil aux couleurs exagérément vives. Entre tes mains, de banales vacances à la montagne se feuillettent en vingt-quatre poses. Tom Pouce avec son sac de rando et son sourire édenté. Une vue du col de la Madeleine mal cadrée. Lucille en train de faire une omelette dans la cuisine exiguë du gîte de France deux épis loué pour le séjour. Et toi. En short. Montée sur un rocher. Grande perche qui prend la pose à côté de son petit frère.

Tu laisses retomber le paquet, comme s'il t'avait brûlée. Quelques films s'en échappent.

Toi est une chose que tu ne peux pas regarder. *Toi* est un corps que tu ne reconnais pas lorsque tu le vois sur un cliché. Cette image que tu découvres ici ou là, ce reflet dans la glace ou sur papier brillant ne t'appartiennent pas. Discordante et étrange silhouette sans rapport avec celle que tu es vraiment. Lorsque le visage que tu contemples te ressemble à peu près, lorsque tu identifies comme tiens les yeux qui te sourient, alors aussitôt c'est un bras, l'arrondi d'une cuisse, la forme d'une épaule qui révèlent la supercherie. Morceaux d'un corps composite dont l'un au moins finit toujours par t'éclater à la figure, révélant par là même une difformité qui t'obsède.

Le vrai *toi* est une surface lisse et coupante comme le verre, un fragment d'ardoise. Tu es minérale et chauffée à blanc. Métallique. Légèrement salée. Aiguisée comme une lame. Vibrante et crue. Rien à voir avec ces excroissances dégoulinantes et sucrées, cette matière molle et ouatée que tu crois voir se dessiner sous ta peau.

Tu as seize ans, tu es mince et en parfaite santé. Tu ne sais plus à quel moment tu as perdu la sensation de tes propres contours.

***

Il suffit d'un détail, d'un haussement de sourcils, un mot de travers, l'esquisse d'un agacement. Et ça démarre. La tension se déploie par cercles concentriques et balaye tout sur son passage. Tu sais qu'un rien peut mettre le feu aux poudres, mais tu tiens toujours au creux de ta main une flamme suffisamment vive pour déclencher l'affrontement. Malgré la brûlure, tu serres le poing dessus. Car tu es en guerre. Tout le temps. Tu ne peux pas gagner, mais tu ne baisses jamais les bras.

Les problèmes surgissent souvent lors du dîner. Il faut dire que c'est un des rares moments où tu dois supporter Georges. Et encore, Lucille essaie de plus en plus de te faire manger avec Tom Pouce dans la cuisine. Avant qu'il rentre, pour éviter les ennuis. Mais ce soir, pas de bol : dîner en famille. Tu as treize ans, tu essaies d'expédier le contenu de ton assiette au plus vite pour pouvoir sortir de table. Retourner dans ta chambre. Écouter Skyrock. Écrire dans ton journal. Ou une lettre pour Sarah, même si vous vous voyez demain. Mais Georges n'est pas de cet avis.

— Je vais t'élever m… mieux que ça, moi, tu vas voir ! Tu ne sors pas de t… de table tant qu'on n'a p… pas tous terminé.

— Laisse-la y aller, Georges, crie Lucille du fond de la cuisine.

Il ne t'en faut pas plus. Tête baissée, tu te lèves d'un bond, tu attrapes ton assiette d'une main, prends tes couverts dans l'autre et te diriges vers la cuisine. Avec un peu de chance, l'autre abruti est déjà trop bourré pour bouger.

Perdu.

En deux pas, Georges t'a rattrapée. Il te saisit le bras si fort que tu laisses échapper ton assiette et ta fourchette.

— Putain, espèce de p… pétasse ! Tu peux pas f… faire att… attention à ce que tu fais ?

Tu te dégages d'un geste.

— Connard !

Tu fonces dans le couloir. Tu essaies d'atteindre ta chambre avant lui, mais il court plus vite que toi. Tu te retournes, ton couteau à la main. Depuis tout à l'heure, tu ne l'as pas lâché. C'est un simple couteau de cuisine, mais il te rend invincible. Georges se jette sur toi en hurlant. Il te frappe au visage. Il cherche à te faire lâcher ton arme à bout rond et manche à pois bleus. Tu te recroquevilles par terre, tu opposes toute la surface de ton corps pour que personne ne puisse te reprendre le couteau. Les bras de Georges t'enserrent, il parvient à saisir ton poing crispé sur le manche. Il cherche à te faire lâcher. Jamais tu ne t'es sentie aussi forte, jamais tu n'as été aussi proche de terrasser ton ennemi. Tu ne penses pas à Lucille dans sa cuisine. Ni à Tom Pouce, cinq ans, resté seul à table. Tu mets toute l'énergie, toute la rage dont tu es capable dans ce poing fermé.

Plus tard, dans ta chambre, tu regardes à travers tes larmes l'entaille rouge qui marque ta paume. Georges joue de la guitare. L'ongle de son pouce est long et tranchant.

Sans ça, il aurait jamais gagné.

***

Tu as treize ans et, comme lorsque tu en avais huit, neuf ou dix, le jeu que tu préfères est intérieur et silencieux. Il exige du calme, de la solitude. Et une imagination aussi grandiloquente qu'exaltée. Tu attends le soir pour t'y livrer, porte fermée, chambre aux volets clos. Une petite fille (variante : une jeune fille), si possible en haillons (quelque part entre Cosette et La petite fille aux allumettes), erre seule dans la nuit (pluie glaciale, obscurité, hiver). Pieds nus, tourmentée par le froid et la faim, visage et bras griffés, blessés. Elle a fui ses tortionnaires. Quelqu'un pourra-t-il lui porter secours ? Oui, on vient, on la tient serrée dans les bras, on la réchauffe, on l'emmène. Ailleurs.

Enroulée dans un plaid bien chaud, tu parcours ta chambre du regard. Tu y fais naître le décor du conte : tantôt une vaste salle avec une cheminée majestueuse, tantôt une minuscule pièce dont la fenêtre en carreaux de verre dépoli donne sur un jardin enfoui. Ton édredon rose devient un duvet de plumes très doux. Tu fermes les yeux pour mieux ressentir le bien-être de cette petite fille, son calme intérieur, sa conviction qu'enfin, elle est en sécurité.

***

Seconde khâgne. Le printemps a le goût amer de l'échec. Les heures de travail et les monceaux de nourriture que tu as engloutis pendant cette dernière année de classe préparatoire n'y ont rien changé. « Alice, c'est une fourmi laborieuse, a dit ton père. Elle n'est pas brillante, elle n'a pas de don. » Le propos te révolte, tu t'insurges, tu t'éloignes, tu ne réponds plus à ses rares appels. Tu maintiens avec lui un silence radio qui durera plusieurs mois. Pourtant, tu ne doutes pas un seul instant qu'il ait raison. Au fond de toi, tu savais que tu ne faisais pas le poids. Tu as pris vingt-cinq kilos, mais ça n'a pas suffi.

Alors, gâchis ? Temps perdu ? Désespoir et humiliation ? Non. Au cours de ce chemin, tu as trouvé Aymeric et sa famille, tu as découvert ce que la littérature, l'histoire et la philosophie pouvaient changer à la vie, tu as rencontré des amis qui seront tes piliers et ta joie pour des décennies.

Surtout, tu as découvert le pouvoir absolu du travail. Cette peine libératrice et jubilatoire que tu t'infliges avec délice. Travailler pour ne plus ressentir. La concentration comme un mouvement vers soi que tu ne sais plus opérer autrement que comme ça. Voûtée, les yeux rivés sur l'écran ou sur la feuille. Imperturbable. Des heures d'affilée. Travailler jusqu'à épuisement total des ressources. Ne plus penser qu'à ça. Travailler pour mieux maîtriser. L'échec, lorsqu'il survient, est cuisant, douloureux, mais c'est une blessure que tu peux surmonter. En faire plus, toujours plus. Ce n'est jamais assez. Tu ne peux pas t'arrêter tant que ce n'est pas *terminé*. Et ce n'est *jamais* terminé.

*

Tu as vingt et un, vingt-deux, bientôt vingt-trois ans, et tu retrouves cette ivresse dans toute forme de travail. Le travail universitaire, le travail salarié… d'autant plus salutaire qu'il est urgent, stressant, débordant. Travailler jusqu'à l'outrance, jusqu'à la déraison. Jour et nuit, semaine, week-end. Écarter toute possibilité de vacance.

Te sentir si absorbée que tu ne t'appartiens plus.

***

Tes poumons se déchirent dans un hurlement. Tes yeux sont scellés, tu essayes de soulever tes paupières, mais c'est impossible. Tu ne peux rien voir, juste sentir contre tes paumes les parois humides de la grotte étroite où tu es tombée.

Nouveau hurlement. Vient-il de ta gorge ? On dirait un animal pris au piège, écorché. Tu es aveugle et pourtant tu distingues des portes le long d'un couloir infini. Des centaines de portes, toutes fermées. Sans poignées. Tu te jettes sur la première, tu la frappes de toutes tes forces, tu t'arraches les ongles sur le bois dur.

Je veux sortir, je veux sortir, laissez-moi sortir. Je vous en supplie.

Tu sais que l'une des portes est ouverte. Forcément. Il y en a au moins une qui s'ouvre. Tu dois la trouver. Tu cours dans l'infini couloir, mais tes jambes sont lourdes, si lourdes que tu ne peux pas vraiment les bouger. Tu cours mais tu es toujours au même endroit. Ce sont les portes qui défilent à toute allure devant toi. Tu te frappes le crâne avec tes poings jusqu'à ce que ça s'arrête.

La porte qui te fait face a une poignée. Tu tends la main pour la saisir mais tes doigts se mettent à fondre. Tout ton bras coule et se répand au sol. Devant cette unique porte qui a une poignée. Une sirène hurle au loin, de plus en plus fort. Le son se rapproche, ton bras coule, la porte est fermée, le son se rapproche, tes yeux sont scellés, la porte est fermée...

Sept heures. Le réveil te libère. Il faudra quelques minutes à tes poings pour se desserrer.

***

Tu as onze ans. Comme souvent le mardi soir, Maman est au théâtre avec ses copines. Dans ta chambre en rose et blanc, tu as éteint la lumière, réglé ton réveil pour demain, et tu commences à t'endormir. Soudain, un rai de lumière apparaît sous la porte qui s'entrebâille doucement.

— Tu dors ?

La silhouette massive de Georges se découpe dans l'embrasure.

Il fait un pas dans la pièce. Tu glisses la main le long de ta table de nuit pour trouver le cordon de ta lampe et l'interrupteur.

Tu ne remarques pas tout de suite que Georges ne porte rien d'autre que son vieux polo Lacoste bleu marine. D'une main, il le tire vers le bas, mais il parvient à peine à masquer le haut de ses cuisses poilues. Il s'agenouille près de ton lit. Lorsqu'il se penche vers toi, tu peux sentir sur ton visage son haleine chargée d'alcool.

— Maintenant que tu as tes règles, il y a des choses que tu dois savoir sur les garçons. Pour être prête, tu comprends ?

Non. Tu ne comprends pas.

Il soulève son polo.

***

La sonnerie du réveil te tire d'un sommeil agité. Tu te sens molle, engourdie et inerte. Tu ne parviens pas à bouger tout de suite.

— Alice, sept heures et quart ! dit Lucille à travers la porte.

Lentement, tu t'extirpes de ta couette, poses un pied sur le parquet de bois blond. C'est difficile, ce matin, de savoir quel jour on est. Tu as l'impression d'évoluer dans une sorte de brouillard cotonneux. Tu te lèves, tu tangues un peu. Tu pousses la porte de la salle de bains qui fait face à ta chambre.

Par terre, devant la machine à laver, il y a le drap à carreaux verts. Tu sens la violence de la gifle qui te frappe en pleine figure et te soulève le cœur.

En une fraction de seconde, les images de la nuit se fraient un passage dans ton esprit, déchirent avec violence le voile protecteur que ta mémoire incrédule essayait de tendre sur la réalité.

« C'est notre secret. » « Tu ne diras rien à ta mère, elle ne comprendrait pas. » « J'ai fait ça pour toi, tu sais, pour ton éducation. »

C'est vraiment arrivé.

Une nuit. Un fragment de temps isolé qui a suffi à fracasser à tout jamais les limites de ton monde.

Harassante journée de travail. Georges prend un bus, puis un autre, avant de pouvoir regagner le deux-pièces-cuisine que Lucille lui a trouvé, pas trop loin de chez elle. Pas trop loin de chez Tom. Il jette ses clés sur le bar de l'entrée. La douleur, familière, lui serre la mâchoire, court dans son bras. Il desserre le nœud de sa cravate pour respirer un peu.

Ses vêtements sont maintenant en boule sur le carrelage de la salle de bains. Ils ont rejoint le tas qui s'accumule depuis le week-end dernier. Plus à l'aise dans son jogging, il avale un whisky. Puis un autre. Instantanément, la brûlure le soulage. Elle court dans sa gorge, dans ses veines. Allège un peu le poids dans sa poitrine. En bruit de fond, la voix de Patrick Poivre d'Arvor égrène les nouvelles du vingt heures. Georges jette un œil dans le frigo. Pack de six dans la porte. Un bocal de cornichons entamé. Un reste de salade piémontaise sur l'étagère du milieu. Avec un peu de jambon, ça fera office de dîner.

Une assiette à la main, une bière dans l'autre, Georges regagne d'un pas lent le salon qui lui sert aussi de chambre à coucher. Il est tellement essoufflé en ce moment, c'est dingue ! Faudrait qu'il se remette un peu au sport. Tiens, dimanche, il ira faire un golf. Tom voudra peut-être l'accompagner ? Pas sûr. Maintenant qu'il a seize ans, il préfère passer le week-end avec ses potes.

Soudain, une violente douleur le traverse, inonde sa cage thoracique. Un spasme le secoue tandis qu'il sent une main de fer serrer son cœur jusqu'à le broyer.

Des bouts d'assiette et de pommes de terre jonchent le sol, formant d'étranges figures autour du corps recroquevillé de Georges. Il a vomi, sans doute, car une substance acide et grumeleuse encombre sa bouche. Il sent la fraîcheur du parquet contre sa joue. Il ne bouge plus. Ses yeux contemplent, hébétés, la baie vitrée qui fait face à l'entrée. Il croit voir un reflet. Une silhouette immobile qui se tient là, muette et sombre.

— Au secours, crie Georges sans un son.

Il lui semble que la silhouette aux contours flous tremble légèrement.

Au secours.

Dans un sursaut, il parvient à tendre une main aux doigts crispés vers l'ombre vacillante.

Mais il sait qu'elle ne viendra pas l'aider.

Les invités sont partis. Ils ont serré fort Simone dans leurs bras puis ont laissé cette mère à son chagrin. Aujourd'hui, elle a enterré son fils. Espère-t-elle que cette journée de cauchemar prenne fin ou au contraire qu'elle dure le plus longtemps possible, pour prolonger encore et encore cet espace de temps dans lequel Georges est toujours là ? Où il est *encore* question de lui. Tom va rester quelques jours dans la région, pour aider sa tante. Mais avec Lucille, vous êtes rentrées à Paris par le train du soir. Elle a cours demain. Et toi, tu bosses, évidemment.

Comme il est tard, a fait remarquer Lucille, le plus simple, c'est que tu dormes chez elle.

Assises l'une en face de l'autre dans le petit salon feutré, vous attendez que l'eau bouille. De la tasse que tu tiens à deux mains montent des effluves de menthe et de réglisse. Que fait-on au soir d'une journée comme celle-ci ? Qu'est-on censé partager ?

Des souvenirs du mort ? Ce que Georges a été pour elle ? Ce qu'il a été pour toi ?

Tu tritures nerveusement l'anse de la tasse, tu la reposes, tu tords un peu tes doigts. Est-ce que c'est *maintenant* ? Tu as imaginé tant de fois cette scène, depuis si longtemps. Le Grand Soir. Le Jour Où. La Révélation. Ce moment où, enfin, le poids du secret quitterait le fond de ton ventre. Cette chose – réelle, palpable, dense comme une petite pierre solide et noire au creux de tes entrailles – qui t'habite depuis si longtemps. Tu as cherché à la noyer, à la brûler, à l'étouffer en t'emplissant à ras bord. Tu as voulu l'arracher, la désincarcérer, l'extirper méthodiquement – chirurgicalement –, comme on le ferait d'une tique. Un parasite qui mélange son venin à ton sang depuis près de quinze ans. À chaque tentative, à chaque échec, tu t'es dit que tu t'y étais mal prise. Tu t'es dit, Allons, tu sais bien ce qu'il faudrait, en vrai. Tu as pansé chaque défaite avec l'espoir qu'un jour, le grand jour, la parole te guérirait. Qu'elle seule pourrait te sauver, te libérer de cette entrave qui dévore ta vie. Tu t'es passé et repassé si souvent le film de cet instant. Toutes les manières de le dire. Toutes les réactions possibles autour de toi. Toute la peine que tu allais faire.

L'effondrement du monde. Son embrasement. Puis la renaissance. Une guérison, une reconstruction. Aucun mot ne parvient à saisir l'intensité du soulagement, cette sensation de délivrance absolue que tu as imaginé ressentir.

Est-il possible qu'enfin, ce moment soit venu ? Alors que le sifflement de la bouilloire rappelle Lucille dans la cuisine, tu n'oses plus respirer.

Allez, quand elle revient, j'y vais. Je le fais. Je le dis.

Tu sens ton cœur cogner si fort. À la terreur qui te serre le ventre se mêle toute l'impatience des mots qui se bousculent derrière tes lèvres. Quelle version de la scène faut-il jouer ? Soudain, c'est comme si tu ne savais plus ton texte.

Lucille revient. Tu reprends ton souffle :

— Il y a quelque chose que je voudrais te dire…

Et puis, rien. Ni délivrance. Ni soulagement. Rien. On ne peut pas vraiment dire qu'elle ne t'ait pas crue. Tu as lu sur son visage qu'au fond, elle n'était pas *si* surprise que ça. Elle t'a posé des questions. Tu as répondu avec précision. Presque avec méthode. Âge, date, lieu, circonstances, actions. Degré d'alcoolémie. Tu as donné tous les détails nécessaires.

« Mais pourquoi tu n'as pas dit non ? »

***

Et aussi, elle a dit :

« Mais pourquoi tu ne me l'as pas dit ? J'aurais pu le quitter plus tôt… »

***

Tu as vingt-cinq ans. Tu as lu des pages et des pages sur les enfants victimes d'abus sexuels, leur fragilité, leur culpabilité, leur honte, leurs dérives et leurs solutions-refuges. Sur les raisons qui les poussent à garder coûte que coûte un secret qui les détruit. Sur l'aveuglement et le déni de leur entourage. Tu sais l'importance du *dire*. Tu sais.

Mais finalement ça ne change rien.

Alors, face à l'insuffisance de la parole, tu te tais.

À mon roc et mes petits rochers, pour leur amour et leur soutien au quotidien. Merci d'être là. Je vous aime fort.

À Véronique Massolo à qui je dois tant, en particulier ce livre. Merci d'avoir permis à Alice d'exister.

À Pauline B., ma comparse d'écriture. Merci pour ces heures divines face à la mer, tes encouragements constants et tes précieux conseils.

À mes premières lectrices : Sophie, Hortense, Pauline H.L., Léontine, Camille. Vos retours enthousiastes m'ont tellement aidée ! Merci, mes amies, d'y avoir cru dès les premiers fragments.

À Karine, coach et amie, pour l'« action qui libère » et l'étincelle qui a tout accéléré.

À Jean-Pierre, mon infatigable relecteur et ami ! Merci d'avoir analysé, décortiqué et commenté avec tant de finesse et de clairvoyance chacune des innombrables versions que je t'ai infligées !

À Olivia, ma sœur retrouvée.

À Julien. Merci de m'avoir redonné confiance quand je doutais. On ne lâche rien !

À Catou : merci d'avoir permis à ce texte de prendre forme dans un lieu chargé de souvenirs et d'histoires, sous l'esprit bienveillant d'Ama.

À Fabienne et aux Chapatis d'Azhimala, ils se reconnaîtront. Merci pour la douceur de cet hiver indien.

À Adèle Haenel, pour l'électrochoc, et à Andréa Bescond, pour le coup de foudre.

À Lisa Liautaud et Cécile Rivière, mes chères éditrices. Merci d'avoir porté ce texte avec tant d'énergie, de m'avoir accompagnée et rassurée tout au long du chemin. Vous êtes les bonnes fées au-dessus du berceau de ce premier-né.

Photocomposition PCA
Achevé d'imprimer en mai 2021
par Normandie Roto Impression s.a.s.
61250 Lonrai

pour le compte des éditions Calmann-Lévy
21, rue du Montparnasse 75006 Paris

N° d'éditeur : 1523652/01
N° d'imprimeur : 2102434
Dépôt légal : août 2021
Imprimé en France.